臺灣古典散文選讀

田啓文 編著
國立臺灣師範大學文學博士
興國管理學院文教系專任助理教授

五南圖書出版公司 印行

自序

近年來臺灣本土文化逐漸受到重視，許多大學已設有臺灣文學系，即使一般大學，也紛紛開設臺灣文學的課程，這樣的潮流，十分令人欣慰。因為對於養育我們長大的土地，我們付出心力去了解它的文化，這是天經地義的，也是飲水思源的表現。

當初編撰此書，有兩點原因：從遠處看，就是希望為臺灣文化的傳承與發揚，略盡棉薄之力。從近處看，就是察覺到臺灣文學的研究，在時間的斷代上，大抵都偏向日據時期以後的文學，對於古典文學，則治習者較少，當然，關於這方面的學術著作也很少。有鑑於此，個人開始蒐集這方面的相關資料，並著手編寫此書，希望能充實臺灣古典文學的研究材料。

這本書的出版，除了可做為臺文系的教材外，也能提供一般大專院校開設臺灣文學課程之用，使學生進一步認識臺灣古文的美感。本書共收有三十篇作品，不論是一學年或是一學期的課程，均能使用。書中所選輯的篇章，都是臺灣古文名家的優秀作品，就臺灣古典散文的範疇而言，極具代表性。

本書的寫作體例，包含課文、題解、作者、註釋、賞析等五大項。其中賞析部分，主要是針對形式與內容兩方面進行鑑賞，前者是寫作手法的討論，後者則是思想義理與文章價值的闡析，使讀者能夠充分掌握每一篇作品的藝術美感，並從中學習立身處世的道理。

本書的完成，真的需要感謝很多人，內子歐純純幫忙選定篇章，好友藍百川幫忙校稿，林文玲、黃莎美、洪鎰昌幫忙圖片攝影，他們為這本書付出的心力，實在令我非常感激。尤其是文玲，為了拍攝〈募建太武寺疏〉以及〈浯州四泉記〉兩課的圖片，遠赴金門尋找相關古蹟，前後共花費了三天的寶貴假期，這份情誼，真的令我永誌難忘。書籍編寫完後，又承蒙五南出版社總編輯王秀珍小姐的鼎力協助，石曉蓉小姐的編輯與校訂，方能順利出版，在此也表達我誠摯的謝意。本書今付二刷，許多剛出版時的錯誤已作修訂，然因才力所限，訛誤之處想必仍有，尚祈諸方博雅續予指正是幸！

田啟文

民國九十三年二月九日誌於臺南勸學齋

目次

圖為〈募建太武寺疏〉作者盧若騰的故居。此宅位於金門賢厝村，屬於典型金門建築，牆角以紅磚瓦與花崗岩疊砌，屋頂上有風獅爺以避邪鎮災。

此為金門太武寺的正殿，今已更名海印寺。

此為盧若騰〈浯洲四泉記〉所載之蟹眼泉，位於金門太武山巔，海印寺之上方。

圖為盧若騰〈浯洲四泉記〉所言之將軍泉，位於金門水頭碼頭附近，今仍有涓涓細流自地底冒出。

圖為將軍泉壁書，石上刻有「將軍泉」三字。

圖為王化行所記述之「海會寺」，今已更名開元寺，為臺南市主要佛寺之一。

王化行〈始建海會寺記〉碑文，今仍完整地置於開元寺前左側的榕園中。

圖為臺南大天后宮，亦即陳璸前往求雨的媽祖宮，今為國家一級古蹟，是臺灣第一座官建媽祖廟。

臺南大天后宮所供奉的媽祖神像，法相莊嚴，上頭還懸掛著清康熙皇帝御匾「輝煌海溢」，以及雍正皇帝御匾「神昭海表」。

本書作者於鯽魚潭前留影。鯽魚潭今大半淤積，只剩下臺南崑山科技大學中的小片潭池，且已更名為「崑山湖」。章甫〈遊鯽魚潭記〉中所謂「虹橋」、「山閣」、「水亭」，依稀可於圖片中見出端倪。

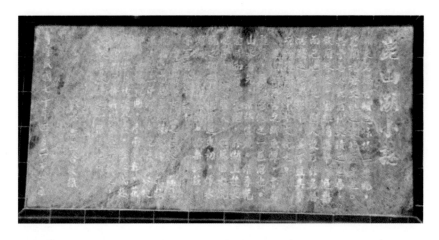

圖為「崑山湖小誌碑」，碑上記載鯽魚潭的興衰消長，以及更名崑山湖的緣由。

圖為〈勸和論〉作者鄭用錫的進士宅，在今新竹市內，屬於珍貴古蹟，雖因年歲久遠，有多處結構已然破損，但大體仍保存完好。

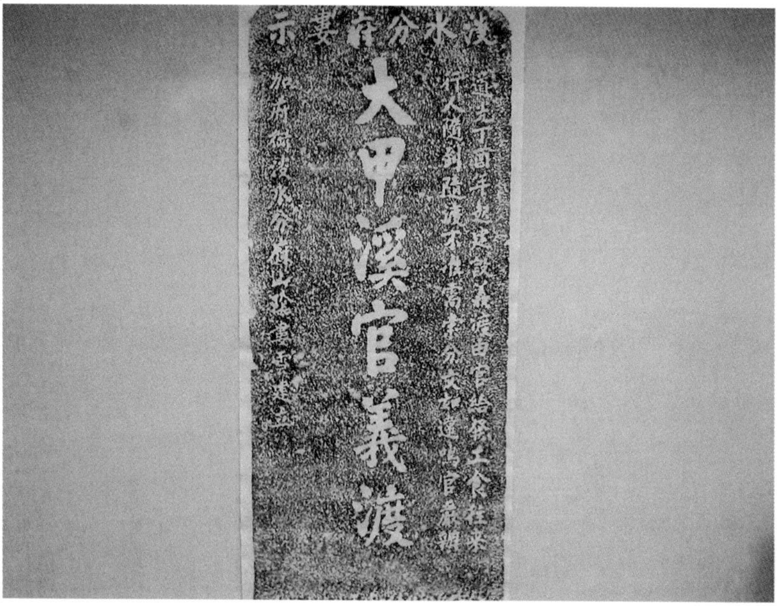

圖為「大甲溪官義渡碑」。吳子光〈淡水義渡記〉中，談到淡水撫民同知婁雲設置大甲溪義渡之事，婁雲的告示，即刻於此碑之上。

圖為日月潭（珠潭）景色，洪繻〈遊珠潭記〉中所謂「內而一嶼孤浮」，即指圖中小島。此島在清代名為珠嶼，今名光華島。

日月潭今為國家級風景區，圖中為環湖賞景的現代遊艇。

連橫〈祭閒散石虎文〉中，提到明末遺老李茂春的故宅——夢蝶園，今已改建為法華寺，圖中即法華寺之正殿。此寺位於臺南師範學院附近，閒散石虎的墳墓，即移葬於此寺中後園。

圖為閒散石虎的墓碑。

募建太武寺[1]疏

盧若騰

古所稱海上三神山[2]，以其在人世之外，故神之也。若夫[3]人世之內，海上之奇稱者，我浯[4]而外無兩焉。鴻漸[5]一龍，奔入大海，天霽[6]水澄，石骨稜稜[7]可辨。蜿蜒起伏，挺為巨岩，盤結[8]十餘里，全體皆石，狀類兜鍪[9]，尊嚴莊重之勢，不屑與翠阜[10]蒼巒爭姸絜秀[11]，名曰太武，厥有繇也[12]。

氣脈[13]龐厚，孕毓英多[14]。浯地週迴[15]不能五十里，而同邑人物，浯幾居其半焉。文章德業，尤多焜燿[16]，至今而膺五等之封[17]，建大將之旗，雄姿偉略，後先相望，雲臺[18]坐位，直挾左券[19]以需之，孰非茲山之靈異，所鍾萃[20]而發越[21]也哉！不特[22]此也，國變[23]以後，沿海厭苦兵戈，浯獨不改淨土。

去歲三月六日，強師[24]襲島，颶風[25]發於俄頃[26]，漂檝斷帆[27]，盡葬魚腹。島人卒免於風鶴之震[28]，山靈禦災捍患之功，又安可誣[29]也！

山椒[30]舊有棲神祠宇，祈禱多應。萬曆九年，劇賊越獄遁，邑侯金公躬渡海，詣[31]祠禱焉，賊旋[32]受縛，亟[33]捐俸倡紳士新之。歲久漸圮[34]，念衷洪公，邦憲周公，皆吾產也，誠與神通，慨然[35]為興復之舉，顧猶欲鳩[36]眾成之，非無說也。蓋以生茲土，寓茲土，有事茲土者，人人皆有其心焉，各有其力焉。使人人無不遂[37]之心，無不殫[38]之力，則功之就[39]也必速，而澤之流也必長，此二公之志也。抑[40]尤懷獨為君子之恥焉，將諗[41]是役於眾，而以疏屬僕[42]，僕亦惟敬述二公之意，以慫慂[43]諸有心有力者，有以知其無所強[44]而欣然竟赴也。夫天下之事之藉人心力者多矣，誠師二公此志，引而伸之，即天下大事無難矣，區區[45]岩宇[46]云乎哉！

題解

本文選自《留庵詩文集》，屬於奏議類古文。文章主旨，是想藉由此文來勸募資金，以擴建太武寺。太武寺者，今名海印寺，位於金門太武山上，相傳建於宋朝咸淳年間，原供奉通遠仙翁，今主祀觀世音菩薩。

本文一開始，即宣揚太武山的雄偉，藉以襯托太武寺的靈氣。接著稱述此寺的靈驗事蹟，以揄揚寺中仙佛的法力。最後點出本文的主旨，亦即希望眾人能出錢出力，以幫助太武寺的擴建。全文論點清晰，條理分明，極具遊說之力。

作者

盧若騰，字閑之，號牧州，自號留庵，金門賢聚人。明萬曆二十六年（西元一五九八年）生，卒於清康熙三年（西元一六六四年），享年六十七。

若騰自幼聰慧，好讀書，明崇禎十三年進士。先任兵部主事，出為寧、紹兵備道。唐王時，歷官都察院右副都御史，加兵部尚書銜，駐守平陽。清兵南下，中矢兵敗。復聞閩中破，抑鬱投水，被救。後與郭大河等人議與明室，會盟於望山寨，旋為清兵所破。奔臺，鄭成功奉為上賓，每詢以國事，後回居金門。明永曆十八年，東渡澎湖，因病而亡。

觀若騰一生，上能公忠體國，下能體恤黔黎，氣節恢宏，秉性仁厚，世稱盧菩薩。其著述多涉明、鄭史事，字裡行間，皆血淚之氣。世傳其著作有《留庵文集》十八卷、《留庵詩集》二卷、《島噫詩》一卷，惜文稿多已散佚。民國五十八年金門文獻叢書編印時，蒐羅縣志及他處資料，計得若騰詩百四十七首，文四十六篇，成《留庵詩文集》一書。

註釋

❶太武寺：今更名海印寺，位於金門太武山上，相傳建於宋咸淳年間，原供奉通遠仙翁，今供奉觀世音菩薩與十八羅漢。

❷三神山：即蓬萊、方丈、瀛洲三山。《史記‧秦始皇本紀》：「海中有三神山名曰蓬萊、方丈、瀛洲，僊人居之。」

❸夫：語助詞，加強抒發議論的語氣。

❹浯：浯洲嶼，又稱大金門島，即今之金門。明朝時設金門千戶所，屬同安縣，清朝沿其制，今屬金門縣。

❺鴻漸：中國福建省同安縣的鴻漸山。

❻霽：雨止。

❼稜稜：嚴峻貌。

❽盤結：迴繞連結。

❾兜鍪：古時戰爭所用的頭盔。
❿翠阜：青翠的土山。
⓫絜秀：相較彼此的秀麗。絜，衡量、比較之意。
⓬厥有繇也：有它的緣由。繇，與由通。
⓭氣脈：氣勢精神。
⓮孕毓英多：孕育許多英才。毓，與育通，產也。
⓯週迴：周圍。
⓰焜耀：輝煌的樣子。
⓱五等之封：泛指官爵的封賞。五等之位，說法甚多，或言公、侯、伯、子、男為五等；或言上大夫卿、下大夫、上士、中士、下士為五等。見《禮記・王制》。又《孟子・萬章下》：「天子一位，公一位，侯一位，伯一位，子男同一位，凡五等也。」
⓲雲臺：本指漢朝宮中之高臺名，後引申為朝廷重臣之意。

⓳左券：本指債權人所執的契約，後引申為行事有把握、有能力之意。
⓴鍾萃：聚集。
㉑發越：發揚顯露。
㉒不特：不只，不但。
㉓國變：指明朝滅亡。
㉔強師：指清朝軍隊。清順治十三年，泉州城守韓尚亮，奉令率師襲擊金門，鄭成功強力反擊。期間狂風大作，尚亮船隻覆沒殆盡，清兵大敗。
㉕颶風：發於海上的大風。
㉖俄頃：瞬間，片刻。
㉗漂檝斷帆：指毀壞船隻。檝，同楫，船槳。
㉘風鶴之震：指戰爭的驚擾。
㉙誣：欺騙。
㉚山椒：山陵。
㉛詣：至。

㉜旋：立即。
㉝亟：屢次。
㉞圮：毀壞。
㉟慨然：意氣激昂貌。
㊱鳩：招聚。
㊲不遂：不成功。
㊳殫：竭盡。
㊴就：成。

㊵抑：連詞，相當於然而之意。
㊶諗：勸告。
㊷僕：我。
㊸慫恿：勸說鼓動。
㊹無所強：沒有勉強。
㊺區區：微小、稀少之意。
㊻岩宇：山巖上的屋宇，此指太武寺。

賞析

本文分為三段：首段描述太武山的氣勢，並以古代海上三座神山與之相比況。第二段談及太武山的靈蘊，孕育了金門的才俊之士，並肯定山神幫助金門百姓禦災卹患的功蹟。第三段談到太武山有一座舊廟寺極為靈驗，然歲久漸圮，島上仕紳倡議翻修，於是委由作者行文勸募，希望能重建此寺。

「疏」是文體之一，從漢代開始使用。劉勰《文心雕龍・奏啟》云：「自漢以來，奏事或稱上疏，儒雅繼踵，殊采可觀。」所以疏文是臣子向皇帝上書陳言的文體。這種文體的內容，可以是向皇上陳述政策，例如賈誼〈陳政事疏〉、晁錯〈論貴粟疏〉；也可以是向皇上匡諫過失，例如魏徵〈諫太宗十思疏〉。除了做為向皇帝進言的文體外，「疏」也可做為向廣大民眾勸募的文章，此類文章又稱為「疏引」，常置於勸募簿前做為說明文字，本文即為此類文體。

太武寺坐落於太武山上，今更名為海印寺，相傳建於宋咸淳年間，至今已有七百餘年的歷史。這座寺廟長久以來，一直是金門人重要的信仰中心。它是金門海拔最高的佛寺，每年仙佛慶典時，許多善男信女扶老攜幼，前來參拜，香火極為鼎盛。然而這座寺廟在明末之際，規模尚簡，且年久失修，所以作者才會寫作此文，勉勵大家有錢出錢，有力出力，來整建太武寺。因此本文的性質，嚴格說來，就是一篇宗教性質的文章。文中數次談到神力對民眾的護持，或許有讀者認為，如此描述怪力亂神之事，難脫迷信之嫌。其實神力是否存在，一直是個見仁見智的問題，信神者說有，無神論者說沒有，即使再繼續討論，也無法為這件無形的事物尋得正解。不過宗教對於社會，是確實有其作用的，它引發人類的善心，並發揮冥冥中無形的約束力量，使人們在法律無法管制之處，仍能克制自己的行為，不致違背良心做事，所以作者對於宗教信仰的提倡，是可以體會與理解的。只是有一點必須注意，過度相信及仰賴神力的護持，往往會墮入迷障。許多人想透過神棍與靈媒的管道，利用金錢或肉體的奉獻，以獲得神助，如此將讓不肖份子有詐財騙色的機會。所以看待神明的態度，應該存著健康的心態，致力於學習神明的人格與善行，努力造福人群，才是獲得福分的最佳管道。

本文在寫作技巧上，首段一開始，便採取對比的手法，以人世之內的太武山，與人世之外的三神山相互比較。兩者之間，都是鍾靈毓秀，然而三神山由於在人世之外，常人無以企及，由此更可見出人世之內的太武山，具有更實際而具體的價值；在此一原則下，興建於太武山上的太武寺，就別具靈氣了。以上是藉由對比的巧妙運用，以加強事物特徵的手法。除了對比之外，對偶的使用也很具效果，尤其是句中對的使用。試看「天霽水澄」、「文章德業」、「雄姿偉略」、「漂檝斷帆」……等等，都是一句之中，相互成對，讓文章更具整鍊之勢。

浯洲❶四泉記

盧若騰

浯之為洲，大海環之，地本斥鹵❷，泉鮮清甘，茗飲者病焉。蓋茗之香味，不得佳泉不發，而島上之泉，非出自石中不佳。

予不能酒，而有茗癖，終日與泉作緣。曩❸緣舊聞，第❹知有蟹眼、將軍二泉耳。蟹眼出太武山巔，泉竅噓吸❺，象蟹眼之轉動。將軍出兜鍪山❻麓石壁間，故以為號。予家東北，望太武二十里遙。蠟屐❼酌泉，未數數然❽。西南距鍪山四里而近，奚童❾汲❿運不甚艱，遂得時時屬饜⓫。去秋偶過華嚴庵⓬，試其天井中石泉，而善之曰：「蟹眼、將軍而外，此其鼎之一足乎？」題壁紀事有「未經嘗七椀⓭，幾失第三泉」之句。已而⓮族人告予曰：「村北數百武[15]，有龍泉焉。宋時龍起其地，泉湧石罅[16]，迄今大旱不涸[17]。吾里名龍湖，先永豐令公，別號龍泉者以此。靈跡所存，必有異味，盍[18]試之？」汲以瀹[19]茗，果大佳。嘆詫[20]曰：「忽近而謀遠，得毋為龍神所笑？」

因並致四泉而詳較之：蟹眼醇釀洌潔[21]，赴喉之後，舌吻間[22]尚有餘甘。龍井醇洌不減蟹眼，所微遜者，蟹眼出於危石，旋[23]湧旋瀉，汲者必以葉盛之入器，其鮮活之性，毫無所損。而龍井有窟瀨[24]水，水稍停宿[25]，故入口始覺遲鈍，若決[26]積淵而挹[27]新液，二泉殆[28]難為伯仲[29]矣。將軍居洲之尾，氣力發洩已盡，洌而不醇。華嚴分太武之支，醇精未散，但庵堂既高於井，而庵外稼地[30]復高於堂，人跡所狎[31]，不無飛塵所犯，遇久雨則客水[32]注入，色同行潦[33]矣。移其宇，濬[34]其溝，使出泉之石，挺然[35]而露，即不敢望蟹眼，何不可軼[36]將軍而上之也哉？蓋泉之處，亦有幸，有不幸也。據現在而品之：蟹眼第一，龍泉第二，將軍第三，華巖第四。己亥伏日[37]，島上泉客識㊳。

題解

本篇選自《留庵詩文集》，為雜記類古文。作者以長年品茗的經驗，來分析金門島上四口泉水的優劣高低。由其行文可知，作者對於泉水品質有相當的認識，其於各口泉水的評論，也提供我們品茗用水的諸多常識。其文筆極為流暢，語氣十分閒澹，更增添幾許品茗者的風雅。至其所謂「蓋泉之處，亦有幸，有不幸也。」其實是對人生際遇的暗示。由記泉而悟人事，此亦文中一絕。

作者

見本書〈募建太武寺疏〉一文。

註釋

❶浯洲：即浯洲嶼，又稱大金門島，即今之金門。──明朝時設金門千戶所，屬同安縣，清因之，今屬

金門縣。

❷斥鹵：鹽鹹之地。

❸曩：從前。

❹第：但、只。

❺噓吸：吐納呼吸。《莊子・天運》：「風起北方，一西一東，有上彷徨，孰噓吸是？」

❻兜鍪山：即矛山，又名金龜山、塔仔山，在金門水頭村南方。

❼蠟屐：以蠟塗屐，引申為安然處世之意。《世說新語・雅量》：「或有詣阮，見自吹火蠟屐，因嘆曰：未知一生當著幾量屐。」這段話表示人生歲月短暫，應安然處世，不需計較太多。

❽數數然：急迫貌。

❾奚童：僮僕。奚，通傒，即奴僕。

❿汲：打水、取水。

⓫饜：滿足。

⓬華嚴庵：金門著名佛寺，位於舊金城南門外。

⓭椀：同盌、碗，盛飯菜的器具。

⓮已而：過了些許時間。

⓯武：古以六尺為步，半步為武。《國語・周下》：「不過步武尺寸之間。」

⓰罅：裂縫、空隙。

⓱涸：水乾枯。

⓲盍：何不。《論語・公冶長》：「顏淵、季路侍。子曰：『盍各言爾志。』」

⓳瀹：以水煮物。

⓴詑：驚訝。

㉑洌潔：清醇潔淨。洌，醇淨。

㉒舌吻間：口中。

㉓旋：立即。

㉔瀨：湍急之水。

㉕停宿：停止、停留。宿，留也。

㉖決：除去壅塞以導引水流。
㉗挹：注入。
㉘殆：大概。
㉙伯仲：指二者能力相當，差距甚少。
㉚稼地：農地。
㉛狎：親近。
㉜客水：外來的水。
㉝行潦：路上的積水。
㉞濬：疏通水道。
㉟挺然：挺拔突出的樣子。
㊱軼：本指超車，此引申為超越之意。
㊲伏日：三伏的總稱。三伏是一年當中最熱的時候。農曆夏至後第三庚日起為初伏；第四庚日起為中伏；立秋後第一庚日起為末伏。
㊳識：與誌通，記也。

賞析

本文可分作三段：第一段談到金門的地質斥鹵，所以泉水大都帶有鹹味，少有清醇甘美的好水，也因此受到飲茶者的批評；不過作者認為，島上的水源也有品質甚佳的，那就是從石縫中湧出的泉水。第二段介紹島上四口佳泉，分別是蟹眼、將軍、華嚴、龍泉，對四口泉水的位置及名稱由來做出解說。第三段則是品評四口泉水的品質優劣，從口感、水源色澤等方面進行評比，而得出蟹眼第一、龍泉第二、將軍第三、華嚴第四的結果。

飲茶的文化由來已久，相傳神農嚐百草，一日而中七十餘毒，當時五臟逐漸發黑，忽然看見身邊一樹碧綠枝葉，於是採而食之，毒素遂解。神農於是為此樹命名為「查」，取其巡查體內，解除毒素之意。後倉頡造字，以「茶」字代「查」，茶遂有專屬名稱。茶被發現的初期，具有醫藥的實用功能，然而它的特殊香氣以及安定心神的功用，卻逐漸進入文人雅士的生活中，成為怡情養性的物品。唐代陸羽就曾為茶寫了《茶經》，其後蘇東坡對蜀茶的讚揚，袁枚對武夷岩茶的懷念，都說明文人對於茶道的重視。正因飲茶已成為文人生活上的風雅韻事，是以品茗、談茗的文章，讀來總有一份閒適恬淡之感，因此本文的字裡行間，隱隱約約地，透露著幾許脫卻煩囂的氣息。茶的口感如何，除了茶葉本身的好壞之外，最重要的便是泉水的品質問題，所以歷來的飲茶專家，絕不會忽略對泉水的選擇。人言杭州龍井茶，一定得用虎跑泉煮瀹，才能相得益彰；廣西的劉仙岩茶，若用白龍泉烹煮，則甘甜透心，香飄數里；清代曹雪芹遍嚐天下名泉，而獨鍾北京香山的「品香泉」，以為「泉水清，泉水甜，烹茶要屬『品香泉』。」由此可知，泡茶須用好泉，沒有好的泉水，是無法讓茶葉的內蘊顯露出來的。正因如此，本文作者在品茗之餘，便寫下此文，以品評島上的四口泉水。閱讀這篇文章，除了讓我們對金門的地理環境有進一步的了解外，也讓我們對於飲茶文化有更深的認識。

本文的寫作手法，第一段採用議論式的起筆方式，先抒發議論，以確立島上泉水最佳者是石湧之泉。有了第一段的立論，接著便順勢引出島上四口石湧之泉，亦即蟹眼、將軍、華嚴、龍泉四者，此乃第二段之內容。因此第二段的敘寫，其實是延續第一段的結論而來的。

至於末段，則採取「比較」的修辭手法，對四口泉水的優劣進行評比。所謂「比較」法，周振甫《文章例話・修辭篇》說：「對同一件事，有兩種記載或有兩種評論，那就可以比較，看看那個好，那個差。」若騰末段以品評四泉之高低作結，事實上就是比較法的運用。

除了比較法之外，末段還使用「借物言情」的手法，以傳達人生的感慨。文中說：「蓋泉之處，亦有幸，有不幸也。」這表面上說的是泉水的幸或不幸，但實際上是針對人事而說的，作者藉由詠物，以抒發內心對人生的深切感受。

臺灣賦（節錄）

沈光文

永曆十五年辛丑四月朔，鄭延平奮命臺灣，民番慴伏❶，荷蘭人終棄鯤身❷，上下悚惶❸。雕題黑齒❹之人，跳梁❺豈敢；鏤耳文身❻之輩，蠢動無聞。嶺後嶺前，閭閻❼接地；舊渡新渡，舸艦❽聯雲。彼海澨❾之風雖殊，而性善之理則一。承天❿為舊設之府，東寧⓫乃新建之名。由是首崇文廟，次葺⓬祠宮，歲修禋祀⓭，時奉壇壝⓮。因暫從乎其鄉，且適合乎其野。

種竹以為牆，葺茅以為屋。漁樵樂業，耕稼乘時。駕津梁於二贊⓯之間，溪深緩涉；屯竹木於大月之港⓰，路仄⓱安行。鯽魚潭⓲可饒千金之利，打鼓澳⓳能生三倍之財。曝海水以為鹽，爇⓴山林以為炭。觀音山疑是落伽㉑分派，雙塹竹[22]想從淇澳[23]移來。北線尾[24]夜靜潮平，月沈水鏡；下港岡[25]春明谷秀，樹綴紅粧。中樓仔[26]環鬟[27]輕煙，桶盤棧[28]低縈淺霧。諸羅山[29]臺北崇嶐，似經巨靈之手，直劈半邊；鹿耳門[30]海中要地，如戴高士之巾[31]，微有折角。鳳山蔥鬱[32]層巒，疑丹鳳[33]之形；猴悶[34]岑嵤[35]疊嶂，穿獮猴之穴。大岡小岡[36]，嶢屼崔嵬[37]，半崩半屏，嵾嵯嵒咢[38]。七鯤身[39]結萬山之脈，三茅港[40]匯湍水[41]之宗。洋則分大鄉、小鄉[42]，岡則有上港、中港[43]。月眉池[44]既標美號，鳳尾橋[45]更著嘉名。赤山仔[46]色燦丹霞，烏樹林[47]茂搖青蒲。大橋[48]居首而近郭，竹滬[49]處遠而在南。東番社[50]山藏金礦，下淡水[51]地產硫磺。陰峰[52]突聳雲霄，盛夏寒留積雪；陽谷霢含煜㸌[53]，三冬[54]煖若長春。

至於山培樑棟之材，谿馤[55]芝蘭之秀。梗楠[56]可以支廈，梁棠[57]足以成舟。薪蒸[58]滿谷，松藤在林，榕陰蔽日，芷馥盈汀[59]。梓栗[60]之樹更多，橋柚[61]之園甚廣。西瓜蒔[62]於圃者如斗，甘蔗毓[63]於坡者如菘[64]。瓠𤬪彷彿懸瓴[65]，薏苡依稀編琲[66]。檨瞫[67]異味，椰瀝奇漿。龍眼較庾嶺尤佳，荔枝比清漳[68]不足。桄榔[69]孤樹，華茇[70]叢株。檳榔木直幹參天，篔簹竹[71]到根生刺。天桃四時皆灼，芳梅五臘[72]咸香。沼浮荷而經年艷艷[73]，菊繞徑而累月芬芬。茉莉編籬，芙蓉插障。來麰[74]早熟，番薯遲收。黍栽陽陸[75]，稷植雲疇[76]。荳分夏白秋白，穀區埔黏快黏。蹲鴟[77]掘以療饑，黃梨[78]熟以解渴。菜種不一，藥類還多。

獸則麋鹿成群，而虎狼絕跡；禽則鷹鳥逐隊，而鴻雁靡翔。龍潛邃壑，龜息深潭。大滬[79]之鰷鱨鰋鯉[80]，昕夕[81]烹鮮；小塭之蛤蚌蟶[82]蟳，富貧恒饌。海上之鱗，未能枚舉；潮中之介，不易名稱。網捕土魠，鈎引海翁[83]。淮南之鬪虎[84]，難以貌求；溫嶠之燃犀[85]，猶為日見。珊瑚玳瑁[86]購之雖易，而取之亦難。貝錦珠璣[87]，小者恒多，而大者實少。

及言乎其俗也，濱海之家，大約捕魚，依山之族，惟知逐鹿。伏臘[88]歲時，徒矜末節；冠婚喪祭，爭好虛文。病則求神而勿藥，巫覡[89]如狂；貧則為盜而忘身，豺狼肆毒。孌童[90]若女，傅粉塗朱；少婦常耕，蓬頭跣足[91]。及言其性也，慈祥愷悌[92]，先天似未生來；禮讓謙恭，後進何知力學。有勢而父子方親，多財而兄弟乃熟。情雖未善，人孰無良？

考乎其尚也，鬥雞走狗，擿[93]鼓吹簫，俳優調長夜之聲，琵琶譜娛心之曲。炫綺穤紈[94]，袴五彩之衣裳，公孫[95]蹙頞；顛覆荒湛，造中山之麴糵[96]，高允[97]攢眉。習尚雖殊，風教可一。

考乎其候也，一天澄澈，四季清和，暑無揮汗之淋漓，寒無裂膚之凜冽[98]。入夏定霑霔雨，經秋始霽[99]浮雲。山氣熯而難蠶，海風飄而罕鵲。若地則無時而不動，若山則無日而不青。氣候不齊，疫癘常作。是則臺灣一島，言其概見如此。

題解

本文選自《沈光文斯菴先生專集》，屬於駢賦類文章。駢賦為賦體之一，不在散文的範圍內，本不應加以選錄；今所以選之者，原因有二：一、光文在臺灣文學史上地位崇高，有必要介紹其著作；二、光文作品散佚甚多，散文留存者惟〈東吟社序〉，然而此文末載詩社文人之姓名，頗見繁累，並不適合作為範文治習，在此一情況下，遂以本文權充之。如此一來，本書體例不免有駁雜之病，然而聖賢著作得以傳揚，或亦足以補此缺憾矣。

本文以賦臺灣為名，可知全文乃以介紹臺灣為主。全文約分四部分：第一部分是從介紹臺灣地理位置入手。第二部分談到自荷蘭人統治之後，至清初時期臺灣的發展狀況，並且說明鄭成功治臺之良窳。第三部分介紹臺灣各地區的特殊風貌。第四部分針對臺灣百姓的性情做出分析。由於篇幅甚長，今將第一、二部分作一刪裁，以利課程之講授。

此篇的寫法，揉雜了賦法的鋪陳直述，以及駢文的對偶句法，對於臺灣各類風土民情，做了相當廣泛的介紹。其文辭麗贍，筆調流暢，更加深文章的藝術性。藉由此文，可以了解晚明至清初時期，臺灣風貌之梗概。

作者

沈光文，字文開，號斯菴，中國浙江省鄞縣人。生於明萬曆四十一年（西元一六一三年），卒於清康熙二十七年（西元一六八八年），享年七十六。（案：光文生年亦有主明萬曆四十年者。本文之說，係參照高志彬〈沈光文傳略〉而來。）

光文以明經貢太學，歷仕明唐王、魯王、桂王，累官至太僕寺少卿。清入關後，隱居不仕。清順治八年，自潮州航海至金門，總督李率泰聞其名，陰使以書幣招之，辭不赴。後移家泉州，海上遇颶風，飄至臺灣。鄭成功治臺之時，對光文十分敬重，以客禮見，並令麾下致餼，且以田宅贍之。後鄭經嗣位，頗改父政，光文作賦諷之，幾至不測。後變服為僧，避至羅漢門山（今高雄縣內門鄉一帶），隨後移居目加溜灣社（今臺南縣善化鎮一帶），並於該地教授生徒，濟施醫藥。晚年與季麒光、韓文琦……等人組織東吟社。不久過世，葬於善化里東保（在今善化鎮光文里。案：光文里在民國七十一年由坐駕里分出）。

光文對於臺灣文化的啟蒙，居功厥偉，後人譽之為臺灣文學初祖。季麒光〈題沈斯庵記詩〉云：「從來臺灣無人也，斯庵來始有人矣。臺灣無文也，斯庵來始有文矣。」連雅堂《臺灣通史・藝文志》云：「臺灣三百年間，以文學鳴海上者，代不數睹。鄭氏之時，太僕寺卿沈光文始以詩鳴。」《臺南縣誌稿》本傳云：「渠（沈光文）不僅開本縣文學之端，亦即肇啟本省文學之第一人。」由是可知，光文在臺灣文學史上，有其無可取代之地位。

光文一生著述宏豐，據全祖望《鮚埼亭集》所載，計有《花木雜記》、《臺灣賦》、《東海賦》、《檨賦》、《芳草賦》、《古今體詩》。《續修臺灣府志・雜著錄》所載，計有《臺灣輿圖考》一卷、《文開文集》一卷、《臺灣賦》一卷、《文開詩集》二卷、《草木雜記》一卷、《流寓考》一卷。其作品多散佚不存，《臺灣府志》與《臺灣詩薈》載有光文詩數十首，楊雲萍教授則輯有百首之譜，亦可稍窺其詩風。龔顯宗教授輯有《沈光文全集及其研究資料彙編》，極具研究價值。

註釋

❶慴伏：因畏懼而屈服。

❷鯤身：為明鄭時期臺南海岸的外圍島嶼，荷蘭人在此興建「熱蘭遮城」（今安平古堡），做為統治臺灣的行政中心。

❸悚惶：驚懼貌。

❹雕題黑齒：指蠻夷。原始的蠻族，以刀在額上刻花紋，並塗上顏色，是謂雕題；此外亦有將牙齒塗黑者，稱為黑齒。

❺跳梁：比喻作亂者專橫的醜態。

❻鐻耳文身：指蠻夷。蠻族以環狀玉器穿耳，謂之鐻耳。鐻，環狀玉器。文身，即紋身，蠻族喜於身體上刺花紋。

❼閭閻：本指里巷的門，此指鄉里。

❽舸艦：大戰船。

❾海澨：海濱。

❿承天：即鄭成功時期的府治。明末，鄭成功渡臺，攻下荷蘭人所據守的普羅民遮城（赤嵌城），並改之為東都明京，設承天府，為當時最高行政機構，下轄天興、萬年二縣。

⓫東寧：鄭成功子鄭經即位，改承天府為東寧府。

⓬葺：修補。

⓭禋祀：古吉禮名，為祭祀天神的專稱。

⓮壇壝：祭壇。壝，祭壇四周之矮牆。

⓯二贊：即二層行溪，地處嘉南平原與高雄沿海平原之間，源出旗山附近之丘陵地，全長六十五公里。

⓰屯竹木於大月之港：在水勢洶湧的溪流港口上架搭木橋。大月，此指水勢盛大的月份。例如《臺灣私法物權編》卷四裡，即言五、六、七三個月份為大甲溪之大月。

⓱路仄：路徑狹隘。

⓲鯽魚潭：又名龍潭、東湖，盛產鯽魚，是以名之。位置在今臺南縣永康市與仁德鄉的交界處，舊為臺灣八景之一。

⓳打鼓澳：高雄之舊名。「打鼓」一詞，為平埔話「竹林」（takau）的音譯。除了「打鼓澳」外，「打狗」、「打狗嶼」、「打狗港」、「打鼓山」、「打鼓港」等，亦皆為高雄舊名。

⓴爇：燒。

㉑落伽：即普陀洛伽山，又名普陀山，乃觀世音菩薩說法處，為佛教名山，在中國浙江省定海縣東方海中。

㉒雙塹竹：疑指今新竹。

㉓淇澳：即淇澳島。位於珠江口內西側，是珠江出

海口的首要門戶。島上風景秀麗，並有「沙丘遺址」的文化陳跡。

㉔北線尾：明鄭時期為臺南西部海岸之外圍島嶼，與隙仔嶼、鯤身嶼等大型沙洲，圍繞於臺南海岸，形成所謂「臺江內海」。

㉕下港岡：明鄭時期的村落，位於臺南二層行溪沿岸一帶，今已荒廢。

㉖中樓仔：舊稱中樓仔庄，是當時旅人商賈進入臺南府城的駐腳站。

㉗鬒：髮黑而稠密。

㉘桶盤棧：又稱桶盤淺，村名，在臺南市南方約二點五公里處，其西南方即臺南機場。棧、淺二字，疑形近而誤通。

㉙諸羅山：嘉義舊名。明鄭時期，設萬年、天興二縣，諸羅山即在天興縣轄區內。

㉚鹿耳門：地名，在今臺南市安南區。鹿耳門在明、清時期本為水道，屬於臺江內海的一部分，當初鄭成功就是由鹿耳門水道進攻，順利攻下荷蘭人所建的普羅民遮城（今之赤崁樓）。然而隨著泥沙的淤積，臺江內海漸成陸地，在道光三年的一場大洪水中，曾文溪改道，流入臺江內海，隨著溪水所夾帶的大量泥沙，使此處變成陸地，鹿耳門水道也成為歷史名詞。

㉛高士之巾：即方巾，明代有秀才以上功名者所戴的方形軟帽，也稱四方平定巾，洪武三年頒行。

㉜蔥鬱：草木青翠茂盛的樣子。

㉝丹鳳：鳥名，鸞的一種，頭與翅膀皆紅色。

㉞猴悶：即猴悶社，位置在今雲林縣斗南鎮將軍里。

㉟岑嵤：山高而深。岑，山高貌。嵤，山深貌。

㊱大岡小岡：指大岡山與小岡山。位於今高雄縣岡山鎮之東北方約四公里處。大岡山南北長五公里，東西寬兩公里，約三百公尺高；小岡山長約二點

三公里，寬約一點六公里，高約二百五十公尺。

㊲嶢屼崔嵬：山高峻而多石。嶢屼，山高峻貌。崔嵬，有石的土山。

㊳嵾嵯嵒崿：山勢高險而不齊。嵾嵯，山不齊貌。嵒崿，高峻的山崖。

㊴七鯤身：即臺南沿海大型沙洲鯤身嶼的一部分。鯤身嶼之首為一鯤身，依序為二鯤身、三鯤身、四鯤身、五鯤身、六鯤身、七鯤身。

㊵三茅港：疑指三蘿港（大鯤身港），在高雄縣茄萣鄉內。

㊶湍水：急流之水。

㊷洋則分大鄉、小鄉：即大鄉（香）洋與小鄉（香）洋，皆舊地名，前者在臺南縣歸仁鄉大潭村，後者在臺南縣關廟鄉香洋村。鄉、鄉，形近而誤。

㊸岡則有上港、中港：即上港岡與中港岡，皆舊地名，兩者均在臺南縣仁德鄉境內。

㊹月眉池：位於高雄縣湖內鄉，乃明末寧靖王朱術桂所開闢，以做為屯田灌溉之用，對早期開發有極大貢獻。

㊺鳳尾橋：即臺南縣東山鄉鳳尾厝橋。

㊻赤山仔：即高雄縣仁武鄉赤山子。

㊼烏樹林：位於今臺南縣後壁鄉境內，分為烏樹村與烏林村兩部分。早年茂林脩竹，濃蔭烏黝，故取名烏樹林。

㊽大橋：今永康市大橋里。

㊾竹滬：今高雄縣路竹鄉竹滬村。

㊿東番社：指東臺灣原住民居住地。

(51)下淡水：指淡水城的後方，即今北投一帶的山區。

(52)陰峰：背陽的山峰。

(53)霏含煜燿：幽深而明亮。霏，深邃。煜燿，明亮貌。

㊹三冬：指冬天的三個月，即孟冬、仲冬、季冬。
㊺馤：香氣。此處做為動詞，即生香之意。
㊻楩楠：指黃楩木與楠木。楩木又稱黃楩木，多產於南方；楠木為常綠喬木高約十幾丈。兩種木材質地皆堅，適合做為樑棟之材。
㊼桬棠：木名，同沙棠，黃花，赤實，果味似李，無果核，木材可做船。
㊽薪蒸：柴木。薪為粗木，蒸為柴草。
㊾芷馥盈汀：香花香草布滿沙洲。汀，水中沙洲。
㊿梓栗：指梓木與栗木。梓木，落葉喬木，高二丈餘，葉似梧桐而小，夏日開花，木材可做器具。栗木，落葉喬木，高五丈餘，夏日開花，果實屬堅果，可食用，木材可製器，樹皮可做染料。
61橋柚：指橋木與柚木。橋木，形高而仰，與梓木形低而俯，成鮮明對比。柚木，木名，柑類之一，似橘而大，果實味美。
62蒔：栽種。
63毓：與育通，產也。
64菘：蔬菜名，別稱黃芽菜。
65瓻：酒器。
66琲：貫珠。左思〈吳都賦〉：「金鎰磊砢，珠琲闌干。」注：「琲，貫也，珠十貫為一琲。」《說文新附》：「琲，珠五百枚也。」
67瞫：本意為深視，此引申為仔細注意。
68清漳：水名，為漳河上游的支流，位於中國山西省東部。
69桄榔：木名，常綠之樹，果實名桄榔子。花朵汁液可製糖，莖髓可製澱粉，極具經濟價值。
70蓽茇：草名，又稱蓽撥。早春發芽，莖高三四尺，春日開白花，果實似桑椹，可供藥用。
71篔簹竹：竹名，長數丈，圍尺五六寸，紫花，果實如菽。

72五臘：為修齋祭祖之日。道教以正月一日為天臘，五月五日為地臘，七月七日為道德臘，十月十二日為民歲臘，十二月一日為王侯臘。
73艷艷：光彩清麗的樣子。
74來麰：大麥。
75陽陸：日光照射的土地。
76雲疇：田地繁多。雲，形容盛多。
77蹲鴟：大芋。
78黃梨：即鳳梨。
79滬：海邊所編以捕魚的竹柵欄。
80鰷鱨鰋鯉：皆魚名。鰷，俗稱「白鰷魚」，體狹鱗細，棲湖沼中。鱨，一名「黃鱨魚」，脊鰭與胸鰭有銳刺，上下顎和口蓋也有刺，肚及尾黃色。鰋，即「鯰魚」，頭大嘴寬，體滑無鱗，多黏液，體扁長，有觸鬚。鯉，口有觸鬚兩對，背蒼黑，腹淡黃，肉味肥美。

81昕夕：早晚。昕，早晨太陽初出之時。
82蟶：蚌類，長二寸左右，殼狹長，肉白可食。
83海翁：鯨魚的俗稱。
84鬬虎：魚名，狀似虎頭，巨口無鱗，長大盈尺，肉美而嫩。
85燃犀：明察事物。舊言燃燒犀牛角可以照妖，故以燃犀比喻明察事物。
86玳瑁：龜類，背甲黃褐色，性兇暴，甲光滑，可製成飾品。
87珠璣：珠玉。
88伏臘：夏伏與冬臘兩個祭名。
89巫覡：代人祈禱鬼神者，男為覡，女為巫。
90孌童：男妓，男子之供人玩賞者。
91跣足：赤腳。
92愷悌：和樂平易。
93撾：敲打。

94炫綺襦紈：華美的細絹。襦紈，細絹。

95公孫：疑指公孫弘，西漢菑川薛人。家貧，曾牧豕海上，衣食甚儉。武帝初即位，招賢良文學士，是時弘年六十，以賢良徵為博士，後累官至丞相。事見《漢書》本傳。

96中山之麴櫱：指美酒。中山，中國古地名，相傳產製好酒。麴櫱，中藥名，釀酒之酵母，亦可代稱酒。

97高允：疑指北魏之高允，字伯恭，渤海蓨人。善文，博通天文數學，太武帝時徵為中書博士，領著作郎。允性格高潔，清廉自持，且論事講求實證，不喜空妄荒誕之說。事見《魏書》本傳。

98凜冽：寒氣冰冷。

99霎：雲氣模糊不明。

賞析

本文可分為六段：第一段主要是描述鄭成功驅逐荷蘭人，建設臺灣的過程，言詞中對於鄭氏的英勇，表達肯定之意。第二段描寫臺灣各地區的主要特色，例如「打鼓澳能生三倍之財」、「東番社山藏金礦」。第三段描寫臺灣的植物，例如「楩楠可以支廈」、「芳梅五臘咸香」。第四段描寫臺灣的動物，例如「獸則麋鹿成群，而虎狼絕跡。」、「網捕土魠，鉤引海翁。」第五段描寫臺灣的風俗民情，例如「濱海之家，大約捕魚。」、「冠婚喪祭，爭好虛文。」第六段描寫臺灣的氣候，例如「一天澄澈，四季清和。」、「入夏定雺霪雨，經秋始霎浮雲。」

本文的寫作手法，就結構上來看，屬於橫式結構。所謂橫式結構，是指作品的內容，乃以橫向的空間為依據，對此一空間中不同的人、事、物進行描寫。它與並列式結構不同，並列式結構是針對同一件事物的不同層面進行描寫，此須分別之。我們看沈氏此文，內容描寫臺灣的主政者（鄭成功）、各地區的特色、植物、動物、風俗民情、氣候等，其方式乃是針對臺灣這個空間中的不同人、事、物進行描寫，這正是橫式結構的作品。這種方式的文章，對於了解某一空間環境，能夠產生較為全面性的認知。

由於本文是駢賦作品，所以在寫作上，揉雜了辭賦與駢文的特色。就辭賦的特質而言，有如下兩方面的表現：第一，夸飾的手法。夸飾是修辭格的一種，也是賦體常使用的筆法。它主要是針對題材進行誇張式的描寫，以突出其效果，加深讀者的印象。例如文中談到「大岡小岡，嶢屼崔嵬。」這大岡小岡，指的是高雄大岡山與小岡山，二山高度都不及三百公尺，實在說不上「嶢屼崔嵬」，此顯係夸飾所致。又如「鯽魚潭可饒千金之利」、「打鼓澳能生三倍之財」等，也都是夸飾法的運用。

第二，鋪陳堆砌的手法。賦體的寫作喜歡鋪陳事物，堆砌辭藻。劉勰《文心雕龍・詮賦》：「賦者，鋪也。鋪采摛文，體物寫志也。」試看本文之中，對於臺灣各類動物、植物、港口、村落、山陵、河川、氣候、民情風俗的描述，雖非毫無遺漏，但已極盡鋪陳之能事。又文中對於各類事物的形容，所使用的辭藻更是豐縟華麗，深具賦體的特色。例如對山形的描寫，就用了「蒽鬱層巒」、「岑峃疊嶂」、「嶢屼崔嵬」、「嵾嵯喦㗊」等辭彙，其中很多是奇字、僻字，讀來宛如披索類書一般，這是典型的辭賦風格。

以上兩點，是本文所展現的賦體特質；至於駢體特質，主要是表現在對偶句的使用上。本文自始至終，幾乎都以對偶句進行構築，不論是句中對，如「鬥雞走狗」、「撾鼓吹簫」；或是單句對，如「龍潛邃壑，龜息深潭。」、「梓栗之樹更多，橘柚之園甚廣。」；或是隔句對，如「淮南之鬥虎，難以貌求；溫嶠之燃犀，猶為日見。」、「病則求神而勿藥，巫覡如狂；貧則為盜而忘身，豺狼肆毒。」都使用得非常頻繁，形成本文的一大特色。

一般而言，賦體的寫作往往為了鋪陳堆砌而言過其實，虛造事物。例如司馬相如〈上林賦〉言「盧橘夏熟」，揚雄〈甘泉賦〉言「玉樹青蔥」。事實上，長安並沒有盧橘與玉樹，這完全是為了鋪陳事物而虛造的。然而觀察沈氏此文，雖有夸飾法的運用，而內容大抵能符合臺灣當時的實際情況，是以研讀此文，除了文學的美感外，也富含史料的價值。

北投採硫紀遊（節錄）

郁永河

約行二三里，渡兩小溪，皆[1]而涉。復入深林中，林木蓊翳[2]，大小不可辨名。老藤纏結其上，若虬龍[3]環繞，風過葉落，有大如掌者。又有巨木裂土而出，兩葉始蘗[4]，已大十圍[5]，導人[6]謂楠[7]也。楠之始生，已具全體，歲久則堅，終不加大，蓋與竹筍[8]同理。樹上禽聲萬態，耳所創聞，目不得視其狀。涼風襲肌，幾忘炎暑。復越峻坂[9]五六，值[10]大溪，溪廣四五丈，水潺潺[11]巉石[12]間，與石皆作藍靛[13]色。導人謂此水源出硫穴下，是沸泉也。余以一指試之，猶熱甚。扶杖躡[14]巉石渡，更進二三里，林木忽斷，始見前山。又陟[15]一小巔，覺履底[16]漸熱，視草色萎黃無生意。望前山半麓，白氣縷縷，如山雲乍吐，搖曳青嶂⑰間。導人指曰：「是硫穴也。」

風至，硫氣甚惡。更進半里，草木不生，地熱如炙⑱，左右兩山多巨石，為硫氣所觸，剝蝕⑲如粉。白氣五十餘道，皆從地底騰激⑳而出，沸珠噴濺，出地尺許。余攬衣，即㉑穴旁視之，聞怒雷震蕩地底，而驚濤與沸鼎聲㉒間㉓之，地復岌岌㉔欲動，令人心悸㉕。蓋周廣百畝間，實一大沸鑊㉖，吾身乃行鑊蓋上，所賴以不陷者，熱氣鼓㉗之耳。右旁巨石間，一穴獨大，思巨石無陷理㉘，乃即石上俯瞰㉙之，穴中毒燄撲人，目不能視，觸腦欲裂，急退百步乃止。左旁一溪，聲如倒峽㉚，即沸泉所出源也。

還就㉛深林小憩㉜，循舊路返，衣染硫氣，累日㉝不散。始悟向之倒峽崩崖，轟耳不輟㉞者，是硫穴沸聲也。為賦二律：「造化㉟鍾奇構，崇岡湧沸泉。怒雷翻地軸㊱，毒霧撼崖巔。碧澗松長槁，丹山㊲草欲燃。蓬瀛㊳遙在望，煮石迓㊴神仙。」「五月行人少，西陲㊵有火山。孰知泉沸處，遂使履行[41]難。落粉銷[42]危石，硫磺漬篆斑[43]。轟聲傳十里，不是響潺湲[44]。」人言此地水土害人，染疾多殆[45]，臺郡諸公言之審[46]矣。

題解

本篇節錄自《裨海紀遊》一書。此書屬於日記體散文，故又名《採硫日記》，書中所記乃作者旅臺參與開採硫礦的經歷。文中備述臺灣之山川物產、風俗民情，是一本研究臺灣的絕佳遊記。本文所節錄者，乃作者在北投開採硫礦時所見所聞的心得感受。

本文一開始，先介紹北投山區的僻險，對山林情態做出詳細的描繪，舉凡溪流、林木、藤蔓……等等，莫不化入筆下，寫來姿態橫生，奇景處處。接著談到親睹硫穴的觀感，將硫穴的險狀以及硫磺的毒性，做了生動的描寫。最後以兩首詩來總結全篇，使文氣更具典重之感。

作者

郁永河，字滄浪，中國浙江省仁和諸生。生於清順治二年（西元一六四五年）前後，卒年不詳。

永河雖然是大陸人氏，但生平著作，卻大部分與臺灣相關。由於他性喜遊歷，在清康熙三十五年福建火藥局發生爆炸，亟需補充硫磺時，他不懼艱險，自願至臺灣開採硫磺。康熙三十六年元月，從福建出發，先經廈門、澎湖，再到臺灣。二月時從臺南安平港上岸。上岸後，花費兩個多月的時間採購各項設備。四月份，途經諸羅（嘉義）、斗六、他里霧（斗南）、半線（彰化）、沙轆（沙鹿）、牛罵（清水）、大甲、後壠（後龍）、南嵌等社，最後抵達淡水。接著在北投築屋，進行採硫磺的工作。由於當地多為未開發的山林，遍地是瘴氣、毒蛇猛獸，再加上番民襲擊，工人傷病而亡者甚多。永河不餒其志，終於完成任務，並於十月離臺，回省復命。

由於永河與臺灣的因緣，所以創作了許多與臺灣相關的作品。在詩歌部分，有《臺灣竹枝詞》十二首、《土番竹枝詞》二十四首（均收在《裨海紀遊》中）；其他著作則有《裨海紀遊》、《番境補遺》、《宇內形勢》、《海上紀略》、《鄭氏遺事》等。

註釋

❶皆：與偕通，一道、一起。
❷蓊翳：草木茂密。
❸虬龍：龍的一種。
❹蘖：發芽。
❺十圍：十人合抱。
❻導人：嚮導。

❼楠：木名，生南方，高者十餘丈，幹甚巨，可達數十圍，質地堅密芳香，是製作器物的良材。

❽竹笋：即竹筍。笋，同筍。

❾峻坂：險坡。坂，山坡。

❿值：遇。

⓫潺潺：水流貌。

⓬巉石：形狀尖峭的山石。

⓭藍靛：本指青藍色染料，此作青藍色解。

⓮躡：登。

⓯陟：登。

⓰履底：腳底。履，單底之鞋。

⓱青嶂：青翠的山峰。

⓲炙：燒烤。

⓳剝蝕：因腐蝕而剝落。

⓴騰激：向上噴射。

㉑即：接近。

㉒沸鼎聲：水在鼎中沸騰的聲音。

㉓間：夾雜。

㉔岌岌：危險貌。

㉕心悸：內心驚懼。

㉖鑊：燒煮食物的鍋子，如鼎之無足者。

㉗鼓：隆起。

㉘思巨石無陷理：思考著巨石之所以沒有陷下去的理由。

㉙瞰：俯視。

㉚倒峽：指水流傾峽而出；或謂瀑布。峽，兩山之間，或兩山夾水處。

㉛還就：回歸。

㉜小憩：稍作休息。

㉝累日：數日。

㉞輟：中斷、停止。

㉟造化：自然的創造化育。

㊱地軸：貫穿地球南北兩極的假設直線。
㊲丹山：紅色的山，此因硫磺燻染而色紅。
㊳蓬瀛：即蓬萊與瀛洲，皆山名，相傳為神仙居所。
㊴迓：預先前往迎接。
㊵西陲：西邊。陲，邊境。
㊶履行：步行。
㊷銷：熔化金石。
㊸篆斑：本指鐘口或車轂上所刻畫的條形花紋，此指硫磺燻染後的紋路。
㊹潺湲：水流貌。
㊺殆：危險。
㊻審：詳細、確實。

賞析

本文分三段：首段談到進入山區後，所看到的山林景色。由於當時的北投山區，所住多為原住民，大部分均未開墾，所以山間景色十分原始而荒僻。作者非常仔細地描寫所看到的景物，舉凡溪澗、林木、老藤、禽聲、鳥鳴、峻坂、巉石……等，凡耳之所聞，目之所見，皆一一予以勾勒描繪。這樣的寫法，可說是「繁筆」的典型運用。所謂繁筆，是指寫作時對題材作詳盡而細膩的描寫，向讀者展示題材的各個面向。這種手法在記敘性文章中經常使用，讓讀者對於事物的本質與始末，得到充分的了解。試看本文對於這片山區的描述，不論是地理環境或動植物，都細心地做出說明，更由於筆法生動，文中的景觀，彷彿是一幅活生生的圖畫，形象極為鮮明。

第二段談到作者與一行人到達硫穴後所看到的景觀。此段重點，主要有兩部分：一部分是介紹硫磺的毒性，一部分是介紹硫穴所造成的特殊景象。就前者而言，如其形容硫磺毒氣，足以「剝蝕如粉」；又說毒燄襲人，「目不能視」。至於後者，所談的角度甚多，從硫磺造成的地熱、硫磺造成的氣流、硫磺在地底沸騰的震動……等等，刻劃入微，讀之如在目前。本段描寫可貴之處，在於作者能將無生命的硫穴，描寫得活靈活現，彷彿為硫穴注入了生命一般。這主要的原因，是作者極力鋪陳硫穴動態的一面，讓硫穴宛如一個生命體，此時觀賞硫穴的人，反而像靜態的無生物一般，被動地接受硫穴所呈現出來的種種情狀。剎那之間，兩者的生命情調忽然互換，趣味由是而生。

最後一段是觀賞硫穴後的心得感想，其特殊處在於表現的手法，是藉由兩首律詩進行詮釋。在古代的單篇散文中，甚少在文中插入自作的整首詩歌，有的多半是引用古書或名人的一二詩句，以為點綴。至於在作品中放入整首自作詩歌者，在小說作品中，較常出現，例如唐傳奇及明清的章回小說。本文之所以在作品中賦詩，主要是《裨海紀遊》一書，雖然內容為散文，但形式上是遊記，是以多多少少沾染小說體的習氣。就藝術手法上來看，在散文中加入詩歌，成為韻散兼融的作品，除了增加文章的形式變化外，也能讓文氣更見厚實，使散體單行的句式，達到一放一收，一鬆一緊的奇妙效果。

始建海會寺記

王化行

蓋❶聞二儀❷效靈，人天永載無窮之運❸；萬物資始，凡聖統成有象之緣❹。法❺藉運而後興，道因緣而乃遇❻。故內典❼流於中夏❽，妙諦❾通乎遐陬❿。花雨香風⓫，眼前解脫；招提蘭若⓬，方外聲聞⓭，有由來矣。

顧⓮茲臺灣版圖新闢，德教覃敷⓯，神人胥⓰慶，典章無闕，惟少一梵剎⓱，福祐海天。附郭⓲大橋頭⓳，有廢舍一所，宏敞幽寂，跨海面山，修⓴竹茂林，朝煙暮靄㉑。諸同人㉒瞻仰於斯，僉㉓曰：「是三寶地㉔，何不就此立寺，招僧迦㉕以修勝果㉖，亦盛世之無疆福田㉗也。」時兵巡王公㉘同聲許可。會有僧志中者，自齠齔之年㉙，皈依沙門㉚，秉靈慧沉靜之聰，函㉛松風水月㉜之味，從江右[33]雲遊來，聞其事，願募緣成之。於是同人各捐俸資，補葺[34]門楹[35]，重整垣宇[36]，裝塑佛像。始於庚午八月七日，成於明年四月八日，名曰「海會寺」[37]。

道場丕建，法筵[38]宏開。瞻妙相[39]之莊嚴，雷音寺[40]見於東土[41]；聽法華[42]之朗誦，祇樹園[43]來自西天[44]。噫[45]！善哉！從茲絕島重洋，齊生見像作福[46]之想；雕題鑿齒[47]，同沾聞聲脫化[48]之恩。斯亦大運[49]之興歟[50]？抑[51]余更有說焉？

沙門者，弱門[52]也。佛法雖大，王法衛之，此何以故？道無形而方微[53]，法非象而不顯。參陰陽以立極[54]，顯其象者也；備體用[55]而修真[56]，精於微者也。是以入世制之以王法，出世超[57]之以佛法，顯微之旨，殊途同歸。故凡天下梵剎，皆賴士夫[58]護持，後之遊於此，宦於此者，肯一瞻禮[59]，悉皆龍華會[60]上人。少[61]存菩提心[62]，即見金剛力[63]。其造福於海邦，豈有量哉？

題解

本文摘自《續修臺灣縣志》，屬於碑誌類古文。本文主要是記載海會寺興建的緣由與過程，並兼述佛法之精神，以及勉勵世人要禮佛敬佛，以自度度人。

一般宮室廟宇的碑文，大都只記載興建的緣起、經過，及籌建者、捐助者的芳名錄，文學性不高。然本文在上述內容外，仍兼論佛理，有助於思想的啟迪；再加上修辭高妙，辭藻麗贍，絕非尋常寺廟碑誌所可比擬。

作者

王化行，本姓殷，字熙如，中國陝西省咸陽人。生年不詳，卒於清康熙四十九年（西元一七一〇年）。化行初以王姓成康熙九年武進士，為一驍勇善戰，且極富謀略的武將。因戰績顯著，於康熙二十六年時，擢升福建臺灣總兵，鎮守臺灣。當時臺灣地多浮沙，水土難以鞏固，化行遂令部屬植樹以為城，且勤治甲兵，臺灣防禦漸趨牢固。康熙三十七年，向朝廷請求恢復殷姓，同年升任廣東提督，康熙四十九年卒。

註釋

❶蓋：發語詞，無義。
❷二儀：天地。
❸運：氣數。
❹有象之緣：唸佛得往生的因緣。
❺法：指一切事物，有形事物叫色法，無形事物叫心法。
❻遇：合。《戰國策・秦策》：「王何不與寡人遇。」注：「遇，合也。」
❼內典：佛教經典。
❽中夏：中原地區。
❾妙諦：精深的佛理。
❿遐陬：偏遠之處。
⓫花雨香風：指佛寺中擺設的鮮花與燃燒的香料。
⓬招提蘭若：寺院。招提、蘭若皆指佛寺。
⓭方外聲聞：蠻荒之地聞佛法而悟道。聲聞，聞佛說四諦法而悟道者。
⓮顧：審視。
⓯覃敷：廣布。覃，深廣。
⓰胥：皆、全、都。
⓱梵刹：佛寺。
⓲附郭：靠近都邑的地方，猶今之近郊。
⓳大橋頭：今永康市大橋里。
⓴修：長。
㉑靄：雲氣。
㉒同人：即同仁，一起工作的夥伴。
㉓僉：都。

㉔三寶地：佛教勝地。三寶，指佛教中的佛、法、僧。佛為真理的發現者，法為宇宙的真理，僧是奉行真理的人。

㉕僧迦：佛教徒。

㉖勝果：殊勝之果，即佛果。

㉗福田：福慧的果報。

㉘王公：指王效宗，於清康熙二十六年任分巡臺廈兵備道。

㉙齠齔之年：七、八歲之幼童時期。

㉚沙門：出家者的通稱。

㉛函：與涵通，沈浸。

㉜松風水月：高潔幽靜。

㉝江右：長江以西的地方，即中國江西省。

㉞葺：修補。

㉟門楹：大門與堂前直柱。

㊱垣宇：圍牆與屋舍。垣，短牆。

㊲海會寺：今名開元寺，在今臺南市開元路。此寺原是鄭經為其母親所建的房舍，名為北園別墅。清康熙二十九年，巡道王效宗與總兵王化行，將其改建為佛寺。寺中景致幽邃，殿宇宏偉。清乾隆十五年改名榴禪寺，清嘉慶元年又改名海靖寺，亦稱開元寺。寺中供奉釋迦牟尼佛，並設有延平郡王神位。

㊳法筵：即法會，乃為說法、供佛、施僧所辦的集會。

㊴妙相：佛的莊嚴相貌。

㊵雷音寺：位於中國四川省峨眉山，為歷史悠久的著名佛寺。

㊶東土：指中國。

㊷法華：即佛教《法華經》。

㊸秖樹園：全稱為秖樹給孤獨園，此園在古印度舍衛國，佛陀常在此講經說法。

44 西天：指印度。

45 噫：感嘆詞。

46 見像作福：看見佛像而產生福報。

47 雕題鑿齒：指臺灣原住民。原住民以刀在額上刻花紋，並塗上顏色，是謂雕題。又某些部落，為了慶祝成年，會將牙齒拔掉兩顆，此謂鑿齒。

48 聞聲脫化：聽聞佛法而心性轉化。脫化，蛻化。

49 大運：天運。

50 歟：疑問詞，意同呢、嗎。

51 抑：或是。

52 弱門：柔弱之地。

53 微：精妙。

54 立極：建立最高的原理。極，高也。

55 體用：事物的本體和作用。

56 修真：修行真實清淨的心。

57 超：超脫。

58 士夫：本為男子通稱，此指官吏。

59 瞻禮：瞻仰行禮。

60 龍華會：彌勒佛在華林園龍華樹下開法會，普渡眾生，謂之龍華會。

61 少：稍。

62 菩提心：求真道之心。

63 金剛力：指佛法的堅強力量。金剛，即金剛石，質性堅利，百煉不銷，佛經中常以之比喻堅利。

賞析

本文分四段：第一段說明佛法廣布的現象。第二段說明興建海會寺的緣由與經過。第三段描述海會寺建成後，廣施福德的景況。第四段勉勵大家要虔心禮佛，護持佛法，以成就自己，造福眾生。

本文在體例上，屬於廟宇類的碑文。這類碑文，內容多是記載廟宇的興建緣由與經過，以及神明仙佛的證道過程、顯靈事蹟等，並常耗費大量篇幅，條列籌建者及捐助者的姓名，讀來千篇一律，索然無味。然而本文的寫法，除了辭藻華麗，有金相玉質之妙外，更有佛理的闡述，在思想的層面上，也有一定的內涵。例如文中說：「佛法雖大，王法衛之，此何以故？道無形而方微，法非象而不顯。參陰陽以立極，顯其象者也；備體用而修真，精於微者也。是以入世制之以王法，出世超之以佛法，顯微之旨，殊途同歸。」此處談到佛法與王法的關係，以及無形而微、具象而顯、陰陽立極、體用修真的哲理，其中玄機處處，視之為一篇哲理散文，亦無不可。是以閱讀本文，絕不可以純粹廟宇碑誌視之，其中所蘊含的文學與哲學價值，更值得我們加以注意。

本文最後一段，作者勸勉游宦之士，要虔心禮佛，若能稍存菩提心，便能「造福於海邦」。其實這樣的期許，絕非只針對游宦之士，因為佛法是可以廣施於群眾的；所以，這段話推而廣之，可視為是對眾生的期許。佛法是宗教的一支，而宗教在社會學中，又是與法律、倫理道德一樣，是維繫社會秩序的重要支柱，所以作者對於佛教的重視與推廣，雖然未必能獲得所有人的認同，但觀其本意，卻是極為良善的。

本文的修辭技巧，最值得稱道的是對偶的運用。如「修竹茂林，朝煙暮靄。」這是句中對，即句中兩個複詞相對仗，此處為修竹對茂林，朝煙對暮靄。又「二儀效靈，人天永載無窮之運；萬物資始，凡聖統成有象之緣。」此是隔句對。又「道場丕建，法筵宏開。」此是單句對。除了對仗的方式有所差異外，這些對偶的名詞類型，涵蓋面也很廣，有人事類相對，如「法」對「道」；有文具類對人事類，如「內典」對「妙諦」；有草木類對宮室類，如「花雨」對「招提」；有天文類對地理類，如「東土」對「西天」；有地理類對形體類，如「絕島重洋」對「雕題鑿齒」，樣式十分多元，令人目不暇給。以上所舉，只是其中的一部分，尚未含括殆盡。是知本文於對偶的運用，確實十分精妙，從而使形式更為整齊，結構更見緊密。

媽祖宮❶求雨文

陳璸

天下之至險者，莫如海，而有舟楫❷之危，惟神出之使安；天下之至苦者，莫如農，而有水旱之災，惟神救之使脫。是救災卹患❸，轉危為安者，惟神之能。

某❹命不辰❺，倖得一官，屢遇災沴❻，涉危地。憶康熙甲申，行取❼入京。舟出鹿耳門❽，遭風折舵，舟不得旋❾，驚波震濤，上下失措，非仗神力，出之狂流，豈能復延殘喘？先是癸未五、六月間不雨，民失耕種。此時待罪❿臺令，呼號請命，亦荷⓫神貺⓬，立沛甘霖。是歲得慶有秋⓭，是神之憐某拙誠，無求不應者，有自來矣⓮。茲復仰賴神庇，再蒞臺疆⓯。方⓰庚寅之秋，渡海登岸，即投宿神廟，私心默誓，以為斷[17]不敢苟取分文，但得地方晏寧[18]，免致諐咎[19]，神賜已多，豈不神之聽之乎？兩載以來，雨暘時若[20]，年獲順成者，孰非邀[21]神之福？某固[22]敬誌不敢忘。

何期[23]入夏以來，雨澤愆期[24]，今去立秋甚邇[25]，旱暵[26]如故，此真小民災患切身之日也。政有闕[27]歟？官失職歟？訟不得平，刑過其中歟？鰥寡[28]廢疾不得養歟？有一於此，皆足致旱，吏之罪也，於民何辜[29]。其或地方之蠹棍[30]未除？在位之貪殘未去？此尤方面大吏[31]之責，請神鑒顯殛[32]，為小民大洩其憤，何為久旱不雨，重困我民為也？敢乞神恩，立收炎火，普降雨澤，俾[33]民得耕種及時。秋收攸賴[34]，但得利民，凡百殃咎[35]甘受，某身不悔。

題解

本文選自《陳清端公文集》。文章主旨，在祈求媽祖普降甘霖，以解決百姓乾旱之苦。

作者寫作此文時，正擔任分巡臺廈兵備道，為臺灣的地方官。他見臺民久歷乾旱，於是前往大天后宮祈雨，希望媽祖大發慈悲，解決百姓的苦難。文中字字句句，都透露出作者對於黔黎的關懷，無怪乎孫人龍謂其「功在社稷，澤在生民。」

作者

陳璸，字文煥，一字眉川，中國廣東省海康縣人。生於清順治十三年（西元一六五六年），卒於清康熙五十七年（西元一七一八年），享年六十三。

陳璸少時家貧，茹苦力學，年十九補郡學生，康熙三十三年進士。歷官都察院右僉都御史，巡撫湖南、福建，追授禮部尚書，賜謚清端，詔入賢良祠。陳璸為官清廉自持，又體恤民生，康熙曾謂古之清官，未有如伊者；又曾褒美其「平和之氣，為國家祥瑞。」

陳璸詩文，如其人品，高雅潔秀，風骨自立，正所謂有德者必有言。其作品輯為《陳清端公文集》八卷，大通書局出版臺灣文獻叢刊時，曾選輯其中有關臺灣資料者，編為《陳清端公文選》，以利於研究臺灣學術之用。

註釋

❶媽祖宮：位於今臺南市永福路二段二二七巷十八號，赤崁樓斜對面巷內，全名為大天后宮，或臺南大媽祖廟。此廟本為明末寧靖王的府邸，清康熙二十二年施琅攻取臺灣後，奏請朝廷改建府邸為媽祖廟，加封媽祖為天后，故又稱天后宮。這是臺灣第一座以「天后宮」命名的媽祖廟，其後清代官府祀典，常在此廟舉行。

❷舟楫：泛指船。楫，船槳。

❸卹患：救助苦難。卹，救濟。

❹某：自稱之詞。

❺不辰：不得其時。

❻災沴：災害。沴，惡氣。

❼行取：明代清初之際，州縣官有政績者，經地方長官保舉，由吏部行文調取至京，通過考選，以御史或部員任用，稱為行取。此外，地方官治績良好，獲皇上召見，亦可稱行取。

❽鹿耳門：地名，在今臺南市安南區。鹿耳門在明、清時期本為水道，屬於臺江內海的一部分，當初鄭成功就是由鹿耳門水道進攻，順利攻下荷蘭人所建的普羅民遮城（今之赤崁樓）。然而隨著泥沙的淤積，臺江內海漸成陸地，在道光三年的一場大洪水中，曾文溪改道，流入臺江內海，隨著溪水所夾帶的大量泥沙，使此處變成陸地，鹿耳門水道也成為歷史名詞。

❾不得旋：無法改變方向。旋，本指旋轉，此指轉換方向。

❿待罪：官吏自謙之詞。封建時期，官員陳述事情時，每以待罪稱呼自己，意指自身能力不夠，有虧職守，必將獲罪。

⓫荷：承受、蒙受。

⓬貺：賞賜。

⓭有秋：有所收成。古時秋天為收割的季節，故以有秋表示有所收成。

⓮有自來矣：有其產生的原因。

⓯再蒞臺疆：指作者在清康熙四十九年第二度來臺灣任職之事。

⓰方：正當、正處於。

⓱斷：絕對。

⓲晏寧：安寧。

⓳僭咎：罪過。僭，古愆字，過失。

⓴雨暘時若：晴雨合於時宜。

㉑邀：求。

㉒固：本。

㉓何期：為何。期，與其通，語助詞，無義。

㉔愆期：延誤時期。

㉕邇：近。

㉖旱暵：乾旱。暵，熱氣。

㉗闕：與缺通，缺失。

㉘鰥寡：年老而無配偶的男女，男者為鰥，女者為寡。

㉙辜：罪。

㉚蠹棍：為害鄉里的惡霸。

㉛方面大吏：掌管一方事務的封疆大臣。

㉜殛：雷電打死人。

㉝俾：使。

㉞攸賴：有所仰賴。攸，所也。

㉟殃咎：災禍。

賞析

本文分為三段：第一段以議論起筆，說明神力的強大。第二段延續第一段的論點，並援引實例，以證明神明護持的力量。第三段從反面立說，敘述臺灣自入夏以來，長期苦旱，並質疑神明為何不下雨？最後則以懇求媽祖普降甘霖收筆。

本文起筆與收筆都很有特色。起筆是以議論的方式寫成，強調神力廣大無邊。在議論的過程中，使用對偶的手法，以「天下之至險者……」與「天下之至苦者……」兩個句組構成對偶，說明神力能挽救舟楫與水旱之災，最後再做出結論——「救災恤患，轉危為安者，惟神之能。」這樣的方式，也符合「開合」的手法。本段對偶的部分，是文意的論述與推衍，此是「開」；至於「合」的部分，則是對「開」的內容進行歸納與總結，亦即第一段末尾的結論部分。

至於收筆的部分，則是抒情式的寫法，表達願意替百姓接受各種苦難，只希望上天能普降甘霖。這種至情至性的表白，充分發揮身為父母官的慈愛，加強了文章的感性力量。若神明真有靈驗，也必然深受感動而廣施雨露。

第二段的內容，是全文篇幅最長的部分。然而它的論點，並沒有超出第一段，仍是以闡述神力為主，只不過它運用「取證」的修辭法，實際援引若干事例來證明神力的存在。首先作者提到，有一回他在海上航行，遇到大風浪，就是靠媽祖保佑，才能化險為夷。其次他談到初次來臺掌政時，在癸酉那年，五、六月間不下雨，百姓無法耕種，於是祈求神明幫忙，果然立降甘霖。後來第二次渡臺，擔任分巡臺廈兵備道，兩年以來，氣候合宜，百姓豐收，這也是神力的護持。因此本段內容，用的是「取證」的修辭法，為第一段的論點，提供實際的事證。

本文的寫作手法，另外一項特色是情理交融。第一段論神力的廣大，屬於說「理」。第二段談自己與臺灣百姓受神力庇佑的事蹟，這主要是說明媽祖對人們的關愛，這是言「情」。第三段從反面立說，質疑上天為何自入夏以來，好幾個月都不下雨？百姓幾乎無法收成。作者並以論「理」的方式，提出如果是官員無能，或地方惡棍橫行，那也應該降罪給這些人，而不能處罰廣大百姓的想法，藉此以祈求上天趕快下雨。在說理之後，作者又以抒「情」的方式收尾，表達願意為百姓承擔各種罪過的胸懷。綜上可知，本文第一段說理，第二段言情，第三段則情理互見。通篇的布局，不但能動之以情，且能說之以理，情景交融，環環相扣，讀來令人為之折服。尤其是結尾部分，流露出願意為百姓犧牲奉獻的情操，更足以驚天地而泣鬼神，堪稱是名山之作。

望玉山記

陳夢林

玉山之名，莫知於何始。不接人境，遠障諸羅❶邑治，去治莫知幾何里。或曰山之麓❷有溫泉，或曰山北與水沙連❸內山錯❹，山南之水達於八掌溪❺。然自有諸羅以來，未聞有躡屩❻登之者。山之見❼，恆於冬日，數刻而止。予自秋七月至邑，越❽半歲矣。問玉山，輒❾指大武巒山❿後烟雲以對，且曰：「是不可以有意遇之。」

臘月⓫既望⓬，館人奔告：「玉山見矣。」時旁午⓭，風靜無塵，四宇⓮清澈，日與山射⓯，晶瑩耀目，如雪、如冰、如飛瀑、如鋪練⓰、如截肪⓱。顧⓲昔之命名者，弗取玉韞於石，生而素質⓳，美在其中而光輝發越⓴於外？

臺北少石，獨萃[21]茲山，山海之精，蘊釀而象玉，不欲使人狎[22]而玩之，宜於韜光[23]而自匿也。山莊嚴瑰瑋[24]，三峰並列，大可盡護邑後諸山，而高出乎其半。中峰尤聳，旁二峰若翼[25]乎其左右，二峰之凹，微間[26]以青，注目瞪視[27]，依然純白。俄而[28]片雲飛墜中峰之頂，下垂及腰，橫斜入右，峰之三，頓失其二。游絲[29]徐引諸左，自下而上，直與天接。雲薄於紙，三峰勾股[30]摩盪[31]，隱隱如紗籠香篆[32]中。微風忽起，影散雲流，蕩歸烏有[33]，皎潔光鮮，軒豁[34]呈露。蓋瞬息間而變化不一，開閉[35]者再焉，過午乃盡封[36]之以去。

以予所見聞天下名山多矣，嵩[37]、少[38]、衡[39]、華[40]、天台[41]、鴈蕩[42]、武夷[43]之勝，徵奇涉怪[44]，極巍峨[45]，窮幽渺，然人跡可到。泰山觸石、匡廬山帶，皆緣雨生雲；黎母五峰[46]，晝見朝隱，不過疊翠排空[47]，幻形朝暮，如此地之內山，斂鍔乎雲端[48]，壯觀乎海外而已。豈若茲山之醇精凝結，磨涅[49]

不加，恥太璞[50]之雕琢，謝[51]草木之榮華。江上之青，無能方[52]其色相[53]；西山[54]之白，莫得比其堅貞。阻絕乎人力舟車[55]，縹緲[56]乎重溟[57]千嶺。同豹隱之遠害[58]，擇霧以居；類龍德之正中[59]，非時不見。大賢君子，欲從之而末由[60]；羽客[61]緇流[62]，徒瞻言而生羡。是寰海[63]內外，獨茲山之玉立乎天表，類有道知幾[64]之士，超異乎等倫[65]，不予人以易窺，可望而不可即也。

題解

本文摘自《諸羅縣志》，屬於雜記類古文。文章旨在介紹玉山之美，從地理環境到景致形態，都有生動而逼真的描繪。末段還以中國嵩山、衡山、華山……等名山與之相比，並得出玉山勝過諸山的結論。最後，又以「有道知幾之士」形容玉山的玄妙與神祕，將此山幽窈深邃之美，傳達得淋漓盡致，山巒的生命，彷彿從字裡行間奔騰而出。

作者

陳夢林，字少林，中國福建省漳浦人。生於清順治十三年（西元一六五六年），卒於清雍正九年（西元一七三一年），享年七十六。

夢林自幼即奮發向學，及長，留心經濟，習兵事，致力於經世之學。清康熙五十年，諸羅知縣周鍾瑄初修邑志，以夢林曾纂修先儒諸書於鰲峰書院，預修漳州漳浦郡縣兩志，故具幣遣使，聘任筆政。自康熙五十五年秋八月，越明年仲春脫稿，成《諸羅縣志》。閩浙總督覺羅滿保聞其才，延入幕府。及朱一貴叛亂，夢林與藍鼎元日夜籌畫，竭力輔佐提督施世驃平亂。亂事平定後，仍居提督幕府，留臺五月後回福建。雍正元年，復遊臺灣，數月又去。其著書凡五種，其中《臺灣游草》及《臺灣後游草》，皆在臺之作。

註釋

❶諸羅：嘉義古稱諸羅。

❷山之麓：山腳。

❸水沙連：即今南投縣日月潭，此潭約在海拔七百六十公尺處，周長約三十五公里，水域面積約九

平方公里，是國家著名的風景區。

❹錯：相交。

❺八掌溪：發源於嘉義縣阿里山奮起湖，長約八十一公里，主要支流為赤蘭溪、頭前溪。

❻躡屩：步行。躡，踏。屩，草鞋。

❼見：與現通。

❽越：超過。

❾輒：往往。

❿大武巒山：位於嘉義縣東北，其北方即玉山。大武巒山與尖山、祝山……等十八座山，共同組成阿里山。

⓫臘月：農曆十二月。

⓬既望：農曆每月十六日。

⓭旁午：將近中午的時候。旁，與傍通，接近。

⓮四宇：四方。

⓯日與山射：陽光與山光相互映照。

⓰鋪練：鋪陳的白絹。練，白色的熟絹。

⓱截肪：切開的脂肪，比喻色質白潤。

⓲顧：審視。

⓳素質：質地樸素。

⓴發越：發揚顯露。

㉑萃：聚集。

㉒狎：親近。

㉓韜光：隱藏才華。

㉔瑰瑋：珍奇。

㉕翼：輔佐。

㉖間：夾雜。

㉗瞪視：張大眼睛注視。

㉘俄而：不久。

㉙游絲：此指雲朵如空中飄盪的絲線。

㉚勾股：亦作句股，高深廣遠之意。《周官義疏》：「九曰句股，以御高深廣遠。」

❸❶摩盪：氣勢雄偉。

❸❷香篆：焚香時煙霧繚繞，如篆文的形態。

❸❸烏有：沒有、消失。

❸❹軒豁：明朗開闊。

❸❺開闔：聚散。

❸❻封：閉藏。

❸❼嵩：嵩山，五嶽之一，在中國河南省登封縣北。

❸❽少：少室山，在中國河南省登封縣北，為嵩山的一部分。

❸❾衡：衡山，五嶽之一，在中國湖南省衡山縣西北。

❹⓿華：華山，五嶽之一，在中國陝西省華陰縣南。

❹❶天台：天台山，在中國浙江省天台縣北，為仙霞嶺山脈的東支。

❹❷鴈蕩：鴈蕩山，亦作雁蕩山，在中國浙江省樂清、平陽二縣境內。

❹❸武夷：武夷山，在中國福建省崇安縣南。

❹❹徵奇涉怪：指山形奇險怪異。

❹❺巍峨：山勢高峻。

❹❻黎母五峰：指黎母山的五座山峰。黎母山位於中國廣東省安定縣西南，一名五指山。此山有五座山峰，高大奇偉，如人之手指，故名五指山。

❹❼疊翠排空：山巒交疊，凌空而行。

❹❽斂鍔乎雲端：崖頂隱沒於雲中。鍔，與堮通，崖頂。

❹❾磨涅：琢磨砥礪。

❺⓿太璞：亦作大璞，未雕琢的寶玉。

❺❶謝：推辭。

❺❷方：比。

❺❸色相：本指外在形貌，此指顏色的形態。

❺❹西山：山名，位於中國河北省北京西郊，以雪景聞名。

❺❺人力舟車：泛指人跡。

❺❻縹緲：若有似無的樣子。

57 重溟：海。

58 豹隱之遠害：隱居山林以避開禍端。豹隱，伏處山林。《資暇錄》：「豹性潔，雪雨霜霧，伏而不出，慮汙其身。」

59 龍德之正中：君子的德行合於中正之道。龍德，君子之德。《周易・乾・文言》：「九二曰：『見龍在田，利見大人，何謂也？子曰：龍德而正中者也，庸言之信，庸行之謹，閑邪存其誠，善世而不伐，德博而化。』」

60 末由：無法。

61 羽客：道士。

62 緇流：僧人。

63 寰海：普天下。

64 知幾：預知事情的先兆、明白事物幽微的道理。

65 等倫：同輩、同類。

賞析

本文分三段：第一段先介紹玉山的地理環境，以及玉山可遇不可求的神祕感。第二段描述玉山的形貌、美感、景色變換。第三段以中國的名山與玉山相比，並稱揚玉山勝過群山，最後再以豹隱遠害、龍德正中來描寫玉山的內在精神，表達對玉山的推崇。

玉山是臺灣的屋脊，位於臺灣本島中央高山地帶，主峰高度為三九五二公尺，是東北亞第一高峰。冬季來臨時，白雪靄靄，晶瑩如玉，故稱玉山。玉山峰群，雄偉俊秀，斷崖、絕壁、峽谷等各式山貌變化不一，再加上林地資源豐富，是臺灣最美麗的山巒之一。民國七十四年，政府成立玉山國家公園，將玉山峰群開發為休閒與生態保育兼具的園地。然而玉山之美，平時只存在於口耳相傳的描繪中，或是存在於實際踏遊者的眼中，一般人對於玉山，仍舊非常陌生。如今透過這篇文章，我們領略到文學家筆下的玉山，透過文學家的審美觀察以及藝術化的營造，玉山的形態與氣韻，都提升至另一境界，這是藝術家表現客觀實體的真實性時，所創造與發掘的珍貴事物。文學家善於使用文學語言，這類語言與科學語言及生活語言不同，它具備了藝術性的美感，它優雅而感性，與科學語言的理性及生活語言的通俗不同。因此，當閱讀本文時，透過典雅的文字以及專業的修辭，玉山的美，清新絕俗，從遠處看，似帝鄉宮闕，似雲漢繁星，如此縹緲而變幻不定；從近處看，卻又歷歷在目，彷佛彼此的生命相互交流，是如此的真實與親密。玉山的美之所以如此不凡，是因為文學家在寫作時，總能比常人多一份發現。這份發現化為文字後，便能帶來諸多的讚嘆與驚喜。余秋雨談藝術創造時曾說：「我能比前人新發現一些什麼？我能比旁人多發現一些什麼？我能幫助觀眾再發現一些什麼？」所以閱讀本文時，對於玉山的驚訝與讚嘆，與其說是玉山的麗質天生，不如說是作者對此山的奇妙發現。

本文對於玉山的描寫，可謂「形神兼備」。中國對於人與物的描繪，歷來有寫形與寫神二類，融而合之，即為形神兼備。所謂寫形，是指對外在形貌的刻劃；至於寫神，則是描寫內在的精神、氣質、神韻。本文對於玉山的刻劃，第二段屬於寫形的範圍，它描述了玉山的日照、側峰、山凹、雲彩等，玉山的外在形貌，瞬間映入眼簾。至於第三段，以「豹隱之遠害」、「龍德之正中」來形容玉山，則是凸顯玉山的隱士精神、君子之德，這是寫神的手法。因此作者對於玉山的摹寫，可謂兼顧形、神之妙，讓讀者由內而外地掌握玉山的風貌。

論周彩書

藍鼎元

連江營把總周彩，勤謹歷練。去夏隨師征臺，著❶有勞績。秋冬撥防❷岡山，正值南路癘疫❸盛行之際，各營征兵，多畏死憚❹行，幾干❺軍紀，獨彩毅然前驅，為士卒倡，深可嘉❻也。繼擢❼補岡山千總，以家貧累重❽辭，情願仍居把總。勞苦趨公，每從都司閆威，于南北二路搜捕山谷，不避險艱，乃實在出力之員，凡事向前，無少❾推托者也。今地方事定，令其班師回營，倘內地有千總員缺，可以超拔❿之處，伏祈勿吝優擢，示鼓勵焉。

某⓫庸劣下材，膺⓬海外重寄，所賴行間⓭將士，協心宣力，共效愚忠，方得疆圉⓮寧謐。而各處出力弁兵⓯，惟搜山為最苦，風餐露宿，雨浸炎蒸，所歷之地，又皆層崖密箐⑯，鳥道羊腸⑰，登高則攀藤如懸於壁，下險則滾落如墜於淵。今年三、四、五月，北方采⑱入其阻，兵丁或迷失道，或跌入坑澗，蟲蛇螞蟥⑲，吮嘬⑳至死，言之可為痛心。某恨無厚賞酬庸，不得人人而加之官爵，乃至裁缺候補㉑，弁目㉒於營制。幸復㉓之後，亦不能使沾實職，少報其出生入死之勞，真覺面慚耳熱，赧赧然㉔不欲與吏士相見也。

今各營弁缺，安頓已定，無用多言。尚冀留心內地，將臺中奉裁候補，現在軍前勞勩㉕之弁，陸續補還，以慰眾望。某非有所私，不過欲使長征士卒，共服憲臺㉖公道耳。請先優擢周彩，以為之標㉗可也。

題解

本文選自《東征集》，屬於奏議類古文。本文旨在表彰其部屬周彩的功績，希望上位者能加以拔擢獎勵，以激勵軍心。文中言辭愷切，情感深摯，充分顯露主管對於部屬的疼惜與關懷。是以此文雖屬奏議類的論理文章，然而情感細膩，動人心扉，不論是言情或說理，都有相當的說服力，可說是一篇辭情並茂的奏議文書。

作者

藍鼎元，字玉霖，中國福建省漳浦人。生於清康熙十九年（西元一六八〇年），卒於清雍正十一年（西元一七三三年），享年五十四。

康熙六十年，臺灣發生朱一貴之亂，鼎元從其兄廷珍征討，七日而亂事平。其後又隨廷珍招降人，殄遺孽，撫流民，綏番社。並著治臺之策以及臺灣道條十九事，曰「信賞罰、懲訟師、除草竊、治客民、禁惡俗、儆吏胥、革規例、崇節儉、正婚嫁、興學校、修武備、嚴守禦、教樹畜、寬租賦、行墾田、復官莊、恤澎民、撫土番、招生番。」其後之治臺者多因之。鼎元對於治臺的用心，可見一斑。雍正元年，以選拔入京師。初任廣東省普寧知縣，後累官至廣州知府。鼎元為官，善治盜匪及訟師，斷獄如神，論者以為嚴而不殘。

鼎元為學，講求經世致用，著有《鹿洲初集》、《東征集》、《平臺紀略》、《棉陽學準》、《鹿洲公案》等書。其中《東征集》與《平臺紀略》，所記多臺灣之事。

註釋

❶著：與貯通，積存。
❷撥防：調防。
❸癘疫：瘟疫。
❹憚：害怕。
❺干：觸犯。
❻嘉：表彰、讚許。
❼擢：選拔。
❽累重：負擔沈重。
❾少：稍。
❿超拔：破格擢升。
⓫某：我。
⓬膺：承受。
⓭行間：部隊。
⓮疆圉：邊境。圉，邊疆。
⓯弁兵：基層官兵。
⓰箐：竹名。
⓱鳥道羊腸：指路徑狹窄彎曲。
⓲罙：深。
⓳螞蟥：水蛭的一種。居沼澤或水田中，吸人畜之血營生。
⓴吮嘬：吸取叮咬。嘬，叮咬。
㉑裁缺候補：等待職缺以補位。
㉒弁目：清代基層武官的通稱。
㉓幸復：平定亂事。
㉔赧赧然：慚愧面赤貌。
㉕勞勩：勞苦。

㉖憲臺：本為御史官職的通稱，後亦用以指稱上位長官。

㉗標：標竿。

賞析

全文分為三段：第一段說明周彩不避艱險，奮力殺敵的英勇事蹟，並請求上位者能夠獎勵周彩。第二段則延續第一段的論點，加強說明軍隊在平亂過程中所遇到的險阻，以凸顯士卒功勞的偉大，也表達他希望賞賜部屬的心意。第三段則再次強調犒賞士卒的事情，並希望上位者能優先拔擢周彩。

作者寫作此文，從頭到尾主旨都十分明確，亦即希望上位者能夠獎賞有功的部屬，尤其是身先士卒的周彩，更必須優先獎勵。作者在末段表示，他這樣的行為並非存有私心，而是希望勞苦功高的士卒，能夠得到應有的賞賜，如此才符合公平的原則。作者的想法十分正確，畢竟有功則賞、有過則罰的道理，自古皆然。諸葛亮在其〈前出師表〉中便說得很清楚，他說：「若有作奸犯科，及為忠善者，宜付有司，論其刑賞，以昭陛下平明之治。」這正是賞罰分明的治國大法，君王想要彰顯「平明之治」，就必須注重賞罰的公平性。所以作者寫作此文，表面上是為部屬爭取權益，其實是希望為國家建立應有的制度。當上位者賞罰分明時，才能遏阻宵小、勸進賢良，如此國家才能長治久安。因此，我們欣賞此文時，萬不可以提拔親信的狹隘格局來論斷之，而是應從為國舉才的宏觀角度來加以評斷。

本文在寫作手法上也相當精彩，就文章的開頭而言，是採用破題式的起筆。文章一開始，即直接切入正題，說明周彩的勇氣與幹練，並在此段的末尾點明題旨，亦即請求上位者拔擢周彩。這種起筆的方式，簡潔有力地將全文主旨直接標示出來，讓讀者明確地掌握作品的旨趣，讀來鏗鏘有力，令人印象深刻。

另就敘述的方式而言，本文可說是以敘事為主，而以抒情與議論為輔的作品。所謂以敘事為主，我們加以分析後可以看出，通篇主線都在記述周彩及其他士兵於平亂中所遇到之艱險，而在此一主幹的縫隙中，則穿插著抒情與議論的內容。穿插抒情的部分，例如在第二段之中，他談到因無法為部屬爭取到獎勵，而「覺面慚耳熱，赧赧然不欲與吏士相見也。」充分流露出對部屬的關愛。至於議論的部分，是與敘事交錯進行的，正所謂夾敘夾議是也。例如在第一段中，談及周彩的辛勞後便發出議論說：「（周彩）深可嘉也。」又如第二段中，作者抒發議論，認為國家能夠安定，完全是仰賴「行間將士，協心宣力，共效愚忠」的結果，由此段議論，引出底下的敘事部分（即士卒搜山的危險過程）。這種敘事與議論交錯的方式，可以讓所敘述的事物，其本質明確地顯露出來；同時也讓議論的道理，有相關性的事物可以做為佐證。因此，當作者說他的部屬「協心宣力，共效愚忠」時，論點的力道並不強烈，但當他補述部屬搜山的危險經過時，這些為國盡忠的論點，便得到有力的證明，這就是議論與敘事相互輔成的妙處。總之，這篇文章在敘述手法上是極富變化的，它融敘事、抒情、說理於一爐，讓文章的體勢在平淡中得到變幻，趣味由是而生。

紀荷包嶼

藍鼎元

辛丑秋，余巡臺北，從半線[1]遵[2]海而歸。至猴樹港[3]以南，平原廣野，一望無際。忽田間瀦[4]水為湖，周可[5]二十里，水中洲渚[6]，昂然[7]可容小城郭，居民不知幾何家，甚愛之。問何所？輿夫[8]曰：「荷包嶼[9]。」大潭也，淋雨[10]時，鹿仔草[11]、大槺榔[12]、坑埔之水，注大潭中，流出朱曉陂[13]，亦與土地公港[14]會。大旱不涸[15]，捕魚者日百餘人，洲中村落，即名荷包嶼庄。

時斜陽向山，驅車疾[16]走，未暇細為攬勝[17]，然心焉數之[18]矣。水沙連[19]，潭中浮嶼，與斯彷彿。惜彼在萬山中，為番雛[20]所私有，不得與百姓同之，未若斯之原田膴膴[21]，聽民往來耕鑿，結廬棲舍[22]於其間，而熙熙[23]相樂也。

余生平有山水癖，每當茂林澗谷，奇峰怪石，清溪廣湖，輒[24]徘徊不忍去，慨然[25]有家焉[26]之想。而吾鄉山谷幽深，崇巒疊嶂[27]，甲于天下，所不足者，河湖耳。是以余之樂水，更甚於樂山。而過杭州，則悅西湖；過惠州，又悅西湖；入臺以來，則悅水沙連。杭州繁華之地，惠州亦無曠土，水沙連又在番山，皆不得遂吾結廬之願，如荷包嶼者，其庶乎[28]？建村落于嶼中，四面皆水，環水皆田，艤舟[29]古樹之陰，即在羲皇[30]以上，釣魚狩獵，無所不可，奚事逐逐[31]於風塵勞擾間哉？所恨千里重洋，僻在海外，不得常觀光上國[32]，恐子孫渺見寡聞[33]，如夜郎之但知自大[34]。是則可憂也，姑[35]紀之，以志[36]不忘焉。

題解

本文選自《東征集》，屬雜記類古文。文章旨在稱揚荷包嶼之美，以為它四面環水，民皆熙樂，不論釣魚射獵，無所不可，並表達出想居住於此的念頭。作者自言有山水癖，於大陸最喜西湖，臺灣最喜水沙連（指日月潭），然而西湖過於繁華，水沙連又在番山，均不適合居住，只有荷包嶼最為理想。不過作者又擔心荷包嶼地處海外，無法經常和中國內陸聯繫，擔心子孫因此見識淺陋。文中顯現出作者築廬山水與入世求進的矛盾，值得我們細細推敲。

作者

見本書〈論周彩書〉一文。

註釋

❶半線：清領時期稱今彰化為半線。

❷遵：沿著。

❸猴樹港：即今朴子市。朴子以前為一港口，港口處猿猴成群，於樹上跳躍，故稱猴樹港。

❹瀦：水停積之處。

❺可：大約。

❻渚：水中沙洲。

❼昂然：高出貌。

❽輿夫：車夫。

❾荷包嶼：為荷包嶼湖上的小島，位於今朴子市佳

禾里一帶。清初時，荷包嶼湖具有耕田、捕魚、射獵的功能。日據時期，湖面仍有一百七十多甲，具調洪作用。今湖水已乾涸，只剩一隆起之山丘。

⑩淋雨：連綿大雨。

⑪鹿仔草：今嘉義縣鹿草鄉。

⑫大槺榔：今嘉義縣朴子市大葛里、大鄉里一帶。

⑬朱曉陂：在今嘉義縣布袋鎮境內。

⑭土地公港：在今嘉義縣東石鄉港墘村一帶。

⑮涸：水枯竭。

⑯疾：急、快。

⑰攬勝：觀賞美景。攬，收取。

⑱心焉數之：心裡常想念著荷包嶼。焉，語助詞，無義。數，屢次、多次。

⑲水沙連：即今南投縣日月潭，此潭約在海拔七百六十公尺處，周長約三十五公里，水域面積約九平方公里，是國家著名的風景區。

⑳番雛：指住在日月潭四周的原住民。

㉑膴膴：肥沃、膏腴。

㉒結廬棲舍：蓋房舍居住。

㉓熙熙：溫和歡樂貌。

㉔輒：往往。

㉕慨然：激昂貌。

㉖家焉：居住。焉，語助詞，無義。

㉗崇巒疊嶂：指山勢高峻交錯。

㉘庶乎：接近、差不多。

㉙艤舟：船停泊岸邊。

㉚羲皇：太古。

㉛逐逐：急切追求。

㉜上國：此指中國。

㉝渺見寡聞：見識淺薄。渺，小也。

㉞夜郎之但知自大：比喻人狂妄自大。夜郎，漢時西南邊之小國。《史記・西南夷傳》：「滇王與

漢使者言曰：『漢孰與我大？』及夜郎侯亦然。以道不通，故各自以為一州主，不知漢廣大。」後因以夜郎比喻人之妄自尊大。

㉟姑：且。

㊱志：與誌通，記載事物。

賞析

本文分成兩段：第一段描寫作者在辛丑年秋天時，從彰化沿海線回南部，途中經過嘉義荷苞嶼的情形。當時他看到荷包嶼的地理環境以及百姓的生活情狀，內心深深被此地所吸引。第二段則是分析荷包嶼的美麗，以及想居住於此的心情。然而在喜愛的同時，作者也擔心此地太過偏僻，怕子孫渺見寡聞，所以又打消定居的念頭。

本文的旨趣，主要在記敘荷包嶼的清幽以及表達對此地的眷戀。作者對於一個荒僻的小村莊，會產生如此濃厚的興趣，箇中原因大抵有兩項：首先是作者自己所說的，他「生平有山水癖」；其次是作者終年忙碌奔波，在勞心勞力之餘，所產生對於山水生活的嚮往。就前者而言，這是先天個性使然，有些人天生便喜歡繁華熱鬧，有些人則喜歡清靜閒適。喜歡繁華熱鬧的，便適合居住在豪城麗都之中；喜歡閒適清靜者，便適合居住在明山秀水之間。作者說他生平有山水癖，這代表他的個性，天生就喜歡閒適清靜。

至於後者，則代表人們在現實生活的沈重壓力下，所產生的隱逸之情。作者在文中提到，若能住在荷包嶼，則「艤舟古樹之陰，即在羲皇以上，釣魚狩獵，無所不可，奚事逐逐於風塵勞攘間哉？」充分顯露出對於「風塵勞攘」的倦怠感。這種心情，在其他文人的身上也經常見到。例如竹溪詩隱鄭十州在臺灣割讓日本後，見局勢多艱，於是絕意仕途，寄情於山林皋壤之間。其〈次梅溪見贈韻〉一詩中，談到自己生活乃「五湖煙水共忘機」，這是何等的詩情與寫意。作者對於荷包嶼的眷戀，與鄭十洲一樣，都是在經歷現實生活的壓力後，所產生歸隱山林的期待。

不過在文章的末尾，作者將他對於山水生活的期待，重新拉回現實的世界來。他認為荷包嶼地處化外，如果居住在此，怕會造成子孫見識淺薄，成為井底之蛙，所以他打消了定居的念頭。這主要的原因，是因為作者本身乃遊臺之士，其真正的根在中國，自幼所見所聞，都是文化薈萃的事物，有了這樣的生活背景，當然會擔心荷包嶼文化低落的問題。所以明知山水生活非常閒適，但迫於環境的競爭，仍須回到繁華的城市裡，這是現實生活的無奈。事實上，這樣的觀念到今天仍舊存在。試看現今住在大都會的人們，很多在例假日到山林裡度假，看著滿山的翠綠，呼吸著清新的空氣，總會發出「真想住在這裡」的感慨；然而假期結束時，人們還是紛紛趕回都市去，有誰真正定居下來呢？這種現實生活的無奈，古今皆然。

本文的修辭，主要表現在「示現」與「對比」的運用上。所謂示現，就是將過去事物、或未來預言、或幻想性事物，提至眼前描寫，並描繪得活靈活現，如在眼前發生一般。本文對示現的運用，可說是貫穿全篇，因為本文自始至終，就是對辛丑年秋天遊歷荷包嶼的追憶，而此一追憶，寫來如在眼前，感覺是如此的生動，如此的貼近，這是示現法的成功運用。

至於對比，則用在第二段的內容裡。第二段中，作者利用水沙連、西湖與荷包嶼進行對比，說水沙連有番民出沒，西湖又過於繁華，均不如荷包嶼的清幽。透過對比的方式，讓荷包嶼的優點更為彰顯，也加強說明眷戀荷包嶼的合理性，是極為高明的寫作手法。

遊鯽魚潭記

章甫

臺[1]，古赤嵌城也。背山面海，形勝[2]不一，而搢紳先生[3]、騷人墨客[4]登臨嘯咏，則距城東北五里許之鯽魚潭[5]為最。

日者[6]，春風扇和[7]，有鼓俗意[8]。主人陳君偕友往遊（時掌潭務者，陳姓也），小奚[9]肩琴、棋、詩、酒為臨流觴咏[10]具。行數里，流水潺潺[11]。陳君曰：「此潭水分流界也。」沿流造[12]館，先邑侯章公士鳳「青山不老，綠水長流。」壁書在焉。少憩[13]，破煙蘿[14]，穿屋舍，過虹橋[15]，將四圍[16]繞遍，見夫雲煙之亂也，林木之古也。零星錯出[17]者，山閣水亭也；望之清漣[18]而無極，不時點綴於天空海闊之中者，鷗鷺忘機[19]也。未幾[20]，晚雲歸洞，萬峰露頂。漁翁告予以薄暮[21]，將有事於釣月[22]。離岸登舫[23]，隨流上下，水月天光，一色萬頃[24]。呼夜杯[25]，發棹歌[26]，遙望岸東一帶，間有燈光點點，半明不滅者約幾十戶。漁翁曰：「若者[27]蟹舍，若者漁莊，是我釣人居也。」因詳及潭中景與廢巔末[28]。且云：「春遊最佳，月夜尤勝。」

今夕得時之遊[29]，不可不記。今夕何夕？乾隆甲辰三月既望[30]也。偕遊者誰？王君禬如、蘇君希提、林君芳亭，暨主人陳君植華，合予五焉。

題解

本文選自《半崧集》，屬雜記類古文。本文主要是描述作者與一干友人同遊鯽魚潭的過程與感受。鯽魚潭昔日為臺灣八景之一，除了漁業的資源外，風景極其秀麗，佳勝處處，文士雅客常結伴賞遊，也因而留下許多膾炙人口的作品。作者以清麗之筆、絕俗之詞，將此潭的特色娓娓道出，讓讀者透過文字的變化，細細品嚐鯽魚潭的舊日風光。

作者

章甫，字申友，號半崧，臺灣縣人，生於清乾隆二十年（西元一七五五年），卒年不詳。然據其《半崧集》自序中所附記日期為「嘉慶二十一年丙子」看來，其卒年至少在此之後。

章甫為清嘉慶四年的歲貢生，此後曾三次前往福建參加鄉試，均不第。之後無意仕進，遂於鄉里中設塾教學，培育人才。乾隆五十一年發生林爽文抗清事件，章甫也曾參與組織義軍，對抗林爽文，其後並為詩以誌此役。

章甫詩文俱佳，其中又以詩為最。游峰山謂其詩曰：「於春有鳥之致，於夏有雷之聲，於秋有蟲之韻，於冬有風之氣。」其詩文於嘉慶二十一年時，由門人付梓刻印，號為《半崧集》。

註釋

❶臺：指臺灣府城，在今臺南市赤崁樓一帶。

❷形勝：優美的形勢景觀。

❸搢紳先生：指官宦。古之官員，插笏於紳，故名搢紳。搢，插。紳，衣帶。

❹騷人墨客：指文士。

❺鯽魚潭：鯽魚潭位於今臺南縣永康市與仁德鄉交

界處，為昔日臺灣八景之一，文人稱為「鯽潭霽月」。今大半淤積為陸地，只剩下永康市崑山科技大學中，留有部分潭池及重建的亭閣臺榭，且更名「崑山湖」，風景相當秀麗。

❻日者：這一天。

❼扇和：柔和。

❽鼓俗意：鼓動世俗人心的味道。

❾小奚：僮僕。

❿臨流觴咏：對著流水喝酒吟詠。觴，酒杯。

⓫潺潺：水流貌。

⓬造：訪。

⓭少憩：稍作休息。

⓮煙蘿：霧中的蔦蘿。李白〈同族姪評事黯遊昌禪寺山池詩〉：「惜去愛佳景，煙蘿欲暝時。」

⓯虹橋：虹狀的長橋。

⓰四圍：四周。

⓱錯出：交雜出現。

⓲清漣：清澈的水波。

⓳鷗鷺忘機：比喻人心思純正，無心機，連鳥兒都願意與之親近。此一典故出自《列子・黃帝》。

⓴未幾：不久。

㉑薄暮：天將晚的時候，即黃昏時分。薄，迫近。

㉒釣月：賞月。釣，求也。

㉓舫：方形的船。

㉔一色萬頃：遼闊的潭水顏色純一。

㉕夜杯：夜間宴飲。

㉖棹歌：行船時所唱的歌。

㉗若者：像這樣、如此。《史記・禮書》：「若者必死。」

㉘巔末：首尾、始末。巔，頭也。《素問・五常政大論》：「其動掉眩巔疾。」

㉙得時之遊：合乎時節的賞遊。

㉚既望：農曆每月十六日。

賞析

本文分三段：首段從臺南赤崁城說起，接著引出本文的主要場景——鯽魚潭。第二段描述鯽魚潭及其周邊景色。第三段記載賞遊日期與遊伴。

鯽魚潭自清朝以來，一直是賞遊勝地。它幅員廣闊，南北長約十公里，寬約一點五公里，為臺灣八景之一。水潭四周，風景宜人，居民樸實勤勞，文人雅士常在此駐足觴詠，留下許多美麗的詩篇。例如錢琦〈鯽潭霽月〉：「宿雨初收夜氣妍，空靈色相妙難詮。澄來止水壺中月，洗淨浮雲水底天。鮫女靜開霜匣照，驪龍冷抱寶珠眠。冰心徹底誰憐取，留得清光在海邊。」又如方達聖〈鯽魚霽月〉：「霽月浮光照，罷潭夜氣清。珠華涵止水，璧影濯流英。野闊群峰隱，波恬兩岸平。漁燈紅映處，短笛弄新聲。」瞧詩人筆下的鯽魚潭，是多麼的恬靜優美；然而隨著時空的變化，鯽魚潭已逐漸淤積，形成陸地，如今只剩下永康市崑山科技大學中，留有部分潭池，並已更名為崑山湖。校方為保存古蹟，遂循舊時景象，在池中興建曲橋與臺閣，且置船舫於池上，昔日鯽潭幽窈深邃之美，依稀可見。然而人工的雕琢與縮小的湖面，畢竟無法與鯽潭的原貌相比。筆者本身即是永康人，偶聽地方耆老談及鯽潭盛景，輒加嘆惋，恨自己生未逢時。今閱讀本文，藉由心象的轉化，鯽魚潭的風貌歷歷在目，彷彿時光重溯，復睹騷人墨客泛舟賞遊的奇景。這是本文在文藝之外，所兼具的歷史價值。

本文在寫作上，使用的是白描手法；亦即文中沒有過於華麗的辭藻，沒有太多的修辭技巧，沒有隱晦曲折的文意，純粹是淺白而直接的傳達。這樣的寫作手法變化雖然不多，但文中用語清新，對景色以及遊興的描寫妥貼穩當，讀來自有一番清麗雋永之感，這正是平實勝於奇巧之處。

本文在意境的構築上，呈現著時空交感的變化。在時間上，從「主人陳君偕往遊」開始，到「行數里」，到「少憩」，到「未幾，晚雲歸洞」，到「呼夜杯」為止，可以看得出來，時間是由白天到夜晚，依序述說著，這是典型以時間為主的縱式結構。然而在時間的變化中，也交錯著空間的變化。從「流水潺潺」開始，到「青山不老，綠水長流」的壁書，到「煙蘿」、「屋舍」、「虹橋」，到「山閣水亭」、「萬峰露頂」、「燈光點點」，到「蟹舍」、「漁莊」為止，這空間的景物，一直隨著時間的遷逝而移易，時空的交融錯綜，讓賞遊的景觀更形豐富，遊覽的心情也更加熱烈。是以本文篇幅雖短，讀者所領略的妙境，卻不亞於長篇巨製的大塊文章。

噶瑪蘭颱異記

姚瑩

皇帝[1]登極之元年，六月癸未夜，噶瑪蘭[2]風颶[3]也。或曰颱，雨甚，伐木[4]壞屋，禾大傷，繼以疫。於是[5]噶瑪蘭闢十一年矣，水患之歲五，颱患之歲三，蘭人大恐，謂鬼神降災，不悅人之闢斯土也，將禳[6]之。桐城姚瑩時攝[7]噶瑪蘭通判[8]，有事在郡，聞災馳至，周[9]巡原野，傾者扶之，貧者周[10]之，請於上而緩其徵[11]，製為藥而療其病。民大悅，乃進耆老[12]而告之曰：

「吾人至此不易矣。」

生人以來，此為荒昧[13]，惟狉獉[14]之番，睢睢盱盱[15]，巢居而穴處，其所以異於禽獸者幾希[16]！始自吳沙[17]數無賴[18]召集農夫，負耰[19]鋤，以入荒裔[20]，翦荊榛[21]，鑿幽險，禦虎狼之生番，數瀕[22]於死矣。乃築圍堡，置田園，聚旅成郛[23]。既以無所統，而相為爭奪。大吏以聞，天子憫焉，然後為設官而治之。黔首[24]綏和，文身[25]向化。今則膏腴[26]沃壤，四民且備，城郭興，官室[27]畢，婦子嘻嘻[28]而樂利。

夫山川之氣，閉塞鬱結，久而必宣，宣則洩，洩則通，通然後和天道[29]也。今以億萬年鬱塞之區，一旦鑿其苞蒙[30]，而破其澒洞[31]，澤源與山脈僨興[32]，陰晦與陽和交戰，二氣相薄[33]，梗塞[34]乍通，於是乎有風雷水旱瘯疾[35]之事，豈為災乎？

昔者羲軒[36]之世，純風古處，百姓渾渾[37]，不識不知，未有所為災者。逮[38]乎中天[39]運隆，五臣[40]遞王，文明將啟，而於是乎有堯之水[41]，湯之旱[42]。聖人以為氣運之所由洩，而不以為天之降殃於人也。不然，德如唐堯，功如成湯，豈復有失道以干[43]鬼神之怒哉？

若夫地平天成，大功既畢，則惟慎修人紀，以保休嘉[44]。而於是乎時和年豐，百寶[45]告成，宇宙熙皞[46]，臻[47]於郅[48]治。苟有失德，肆為淫慝[49]敗亂，則鬼神惡之，而天乃降災。此天地之氣既通，而人事不和之為厲也。

今斯地初開，雖風水屢洊[50]而不為異，五患水，三患颱，而民不饑，無有散亂，何也？民皆手創其業，艱難未忘，室家未阜[51]，而不敢有淫慝之思也。雖然，吾特[52]有懼焉，懼夫更十年後，地利盡闢，戶口殷富[53]，老者死而少者壯，民惟見其樂而不見其艱也，則將有滋為淫佚，而樂於兇悍暴亂者，人禍之興，吾安知其所極耶？然則如之何而後可也？曰：崇節儉，修和睦，戒佚遊[54]，嚴盜賊。守斯四者，庶乎可以久安而不為災祲。何為者？耆老曰：「善。」乃記之。

題解

本文選自《東溟文集》，屬雜記類古文。本文藉由噶瑪蘭所遭遇的災難，來說明天災之來，並非鬼神之怒，而是自然界固有之事。所以遇到災害時，應當注重人事的經營，正所謂「傾者扶之，貧者周之」，如此便可度過難關。此一說法，對於破除鬼神迷信有相當程度的幫助。此外作者也強調，當災難過後，天地平和之時，必須「慎修人紀，以保休嘉」才能長治久安。這樣的觀點，無疑是非常文明而進步的。

作者

姚瑩，字石甫，中國安徽省桐城人。生於清乾隆五十年（西元一七八五年），卒於清咸豐二年（西元一八五二年），享年六十八。

姚瑩為清嘉慶十三年進士，授福建平和知縣，任內勇於治事，治行為閩中第一。後調臺灣，署海防同知、噶瑪蘭同知。其後回大陸，遷高郵知州，擢兩淮監掣同知、護鹽運使，並累官至廣西按察使。

姚瑩任職臺灣時，勤於政事、體恤百姓，並且屢平匪亂，對於抵抗英軍的侵略，也極有戰功，甚獲臺灣百姓的尊崇。其學師事祖父姚鼐，不喜章句之學，而求義理之通貫，注重經世之用，行文每切時弊，慷慨深切。著有《東溟文集》、《東溟奏稿》、《後湘詩集》、《東槎紀略》、《康輶紀行》、《雜著》諸書，後輯為《中復堂全集》。其中《東溟文集》、《東溟奏稿》、《東槎紀略》等書，多記臺灣事物。

註釋

❶皇帝：此指清宣宗，年號道光。

❷噶瑪蘭：或稱蛤仔難，為平埔族噶瑪蘭（kavalan）之譯音，即今宜蘭一帶。噶瑪蘭自西班牙、荷蘭佔據以來，均曾加以營治。清嘉慶十七年時，設噶瑪蘭廳以經理之。

❸颶：發於海上之大風。

❹伐木：毀壞樹木。

❺於是：至此。

❻禳：去除邪惡的祭祀。

❼攝：代理。

❽噶瑪蘭通判：清嘉慶十三年所設，管理命盜雜案及錢穀，遇刑名案件，仍歸臺灣知府審結。清光緒年間改縣，遂加以裁撤。

❾周：遍。

❿周：救濟。

⓫徵：指徵收賦稅。

⓬耆老：老人，亦可指富有聲望的老人。

⓭荒昧：蠻荒曠廢之地。

⓮狉獉：上古文化未開之時。
⓯睢睢盱盱：天地未闢之前，元氣渾沌的樣子。
⓰幾希：甚少。
⓱吳沙：漳人，清乾隆至嘉慶年間，曾率眾開墾宜蘭。
⓲無賴：無所依靠者。
⓳耰：農具，形如木椎，可以碎土平田。
⓴荒裔：偏遠地區。
㉑荊榛：荊、榛均為木名，此指山林險阻。
㉒瀕：臨近。
㉓聚旅成郛：聚集民眾，形成城市。旅，眾也。《左傳・昭公三年》：「敢煩里旅。」注：「旅，眾也。」郛，城郭。
㉔黔首：百姓。
㉕文身：在身上刻畫花紋，此指番民。
㉖膏腴：土地肥沃。
㉗官室：官府。
㉘嘻嘻：歡笑貌。
㉙天道：自然之理。
㉚芭蒙：渾沌未開貌。
㉛澒洞：渾沌之狀。
㉜僨興：激盪。
㉝薄：拍擊。
㉞梗塞：阻塞。
㉟瘯瘯：泛指疾病。瘯，家畜病。
㊱羲軒：伏羲與軒轅。
㊲渾渾：渾厚質樸貌。
㊳逮：及。
㊴中天：指堯、舜之世，後引申為盛世，亦可做為稱揚當朝皇帝的頌語。
㊵五臣：舜之五臣，即禹、稷、契、皋陶、伯益。《論語・皋陶》：「舜有臣五人而天下治。」注：

「孔曰：禹、稷、契、皋陶、伯益。」

41 堯之水：堯治理天下時，曾發生洪水的災患，起初以鯀治水，經九年而水患不息，後由鯀之子禹接手，大水方止。事見《史記‧五帝本紀》。

42 湯之旱：商湯討伐夏桀之前，商國正逢乾旱。

43 干：觸犯。

44 休嘉：美好。

45 百寶：各種寶物。

46 熙皞：光明。

47 臻：至、達。

48 邳：盛大。

49 慝：邪惡。

50 洊：相繼出現。

51 阜：盛多。

52 特：單獨。

53 殷富：富足。

54 佚遊：遊樂無所節制。

賞析

本文分六段：第一段談到道光初年噶瑪蘭（今宜蘭）一帶遭受風災，百姓驚恐，以為天神降災。作者前往救患，以人事努力解決災難，安定民心。第二段談到噶瑪蘭開墾的艱辛，以及清朝設官經營後，此地欣欣向榮的景象。第三段說明風災的產生，乃山川之氣宣洩的自然現象，與鬼神降災無關。第四段延續第三段的理論，並援引堯、湯賢君亦遇天災為例，證明天災為自然現象。第五段強調人事修德的重要，主張以人和與天地相應。第六段延續第五段的論點，說明修德的重要外，並勸誡後人，不可因生活漸趨安樂而迷失心性，否則將帶來災害。

本文的寫作，可謂融敘事與說理於一爐。前兩段敘述噶瑪蘭的風災、救災過程、開墾經過，這是敘事的寫法。至於三、四段，強調天災乃天地之氣的自然宣洩，是大自然的正常現象，與鬼神降災無關；第五、六段則主張修德以配合天地，如此能長保安康。這四段的內容，都在抒發議論，屬於說理的性質。是以全文對於旨趣的傳達，是採取敘事、說理兼融的方式。我們也可以說，本文使用的是借事說理的手法，亦即藉由噶瑪蘭風災之事，來說明修德以應天的道理。

本文在思想義理的傳達上，顯現了理性的精神，以及人與天地合德的哲學觀。就理性精神而言，第三、四段強調天災並非鬼神降禍，而是自然界的正常現象，這就是理性精神的展現，對於破除迷信心理，有正面的作用。至於五、六段主張修養德性，以人事的努力配合天地的說法，實與中國儒家觀點相合。《周易・乾文言》：「夫大人者，與天地合其德。」說明了人事的修養要配合天地之德，才能永享安康。這兩項觀點對於構築我們的處世哲學，有積極的助益。

本文在修辭格的運用上，有排比與頂真二法。排比的部分，如「入荒裔，剪荊榛，鑿幽險。」又如「崇節儉，修和睦，戒佚遊，嚴盜賊。」藉由整齊劃一的句式，傳達相同性質的文旨，達到凸顯理念的作用。至於頂真，第三段說：「久而必宣，宣則洩，洩則通，通然後和天道也。」其中宣、洩、通等字，在上下句中，分別做為句首與句末字，形成頂真的格式。黃師慶萱認為，頂真法的使用，具有美學上「統調」（Tone Unity）的功能。所謂統調，是指在許多複雜的事物中，以一共通點來統率全體，進而使全體不至於零散，而有統一整齊的感覺。今觀本文所使用的頂真格，就是以宣、洩、通等字為共通點來統率全體，將天災屬天地自然宣洩的複雜事理，以簡約而整齊的句式表達出來，使理論集中而層次分明，便於讀者的吸收與理解。

勸和論

鄭用錫

甚矣，人心之變也，自分類始。而其禍倡於匪徒，後遂燎原莫遏❶，玉石俱焚，雖正人君子，亦受其牽制，而或朋從❷之也。

夫人與禽各為一類，邪與正各為一類，此不可不分。乃同此血氣，同此官骸❸，同為國家之良民，同為鄉閭❹之善人，無分土，無分民，即子夏所言，四海皆兄弟是也，況當共處一隅❺？揆❻諸出入相友❼之義，即古聖賢所謂同鄉共井者也。在字義，友從兩手，朋從兩肉，是朋友如一身左右手，即吾身之肉也。今試執徒人❽而語之曰：「爾❾其自戕❿爾手，爾其自噬⓫爾肉。」鮮不拂然⓬而怒，何今分類至於此極耶？

顧⑬分類之害，甚於臺灣，臺屬尤甚於淡之新艋⑭。臺為五方雜處，自林逆⑮倡亂以來，有分為閩、粵⑯焉，有分為漳、泉⑰焉。閩、粵以其異省也，漳、泉以其異府也。然同自內府⑱播遷而來，則同為臺人而已。今以異省異府，若分畛域⑲，王法在所必誅，矧⑳更同為一府，而亦有秦越之異㉑，是變本加厲，非奇而又奇者哉？夫人未有不親其所親，而能親其所疏。同居一府，猶同室之兄弟，至親也。乃以同室而操戈㉒，更安能由親及疏，而親隔府之漳人，親隔省之粵人乎？淡屬素敦古處，新艋尤為菁華所聚之區，游斯土者，嘖嘖㉓稱羨。自分類興而元氣㉔剝削殆盡，未有如去年之甚也，干戈之禍愈烈，村市半成邱墟㉕。問為漳、泉而至此乎？無有也；問為閩、粵而至此乎？無有也。蓋孽由自作，釁起鬩牆㉖，大抵在非漳、泉，非閩、粵間耳。

自來物窮必變，慘極知悔，天地有好生之德，人心無不轉之時。予生長是邦，自念士為四民㉗之首，不能與在事諸公竭誠化導，力挽而更張㉘之，滋愧㉙實甚。願今以後，父誡其子，兄告其弟，各革面，各洗心㉚，勿懷夙念㉛，勿蹈前愆㉜，既親其所親，亦親其所疏，一體同仁㉝，斯內患不生，外禍不至。漳、泉、閩、粵之氣息㉞，默消㉟於無形，譬如人身血脈，節節相通，自無他病。數年以後，仍成樂土，豈不休㊱哉？

題解

本文選自《北郭園文鈔》，屬於論辨類古文。文章旨在勸誡臺灣百姓，勿以族群意識而劃分彼此，造成族群對立，甚至武力相向，導致社會的動盪與不安。文中談到臺灣居民來自四面八方，總的而言，有閩、粵、漳、泉之分。正因如此，各族群相互結集，彼此對抗，最後演變成嚴重的社會問題。作者基於愛護家園的仁心，寫作此文，希望各族群能相互友愛、消除隔閡，讓臺灣成為一片樂土。

作者

鄭用錫，字在中，號祉亭，竹塹（今新竹市）人。生於清乾隆五十三年（西元一七八八年），卒於清咸豐八年（西元一八五八年），享年七十一。

用錫自幼勤勉好學，二十三歲補弟子員，三十一歲中舉人，三十六歲中進士，是開臺首位進士。用錫進士及第後，並未滯留大陸，而是回臺灣侍奉父母，一直到清道光十四年，才到北京供職，並於翌年補授禮部鑄印局員外郎，兼儀制司事務。道光十七年，為了奉養年邁的母親，又回到臺灣，過著平淡的田園生活。

用錫在新竹居住的時候，曾主講明志書院，栽培後進，不遺餘力。對於地方的事務與建設，也十分熱心，是一位能獨善其身，也能兼善天下的才士。用錫的著作，有學術性的《周禮解疑》、《周易折中衍義》，還有文學性的《北郭園詩鈔》、《北郭園文鈔》，是清代中葉極富盛名的臺灣文人。

註釋

❶燎原莫遏：如火燒原野般地蔓延，無法阻止。 ❷朋從：同類相從。

❸官骸：形體。
❹鄉閭：鄉里。閭，里門。
❺一隅：一個角落、一個地方。隅，角落。
❻揆：審度。
❼相友：相互親愛。友，親愛、友好。
❽徒人：服勞役的人。
❾爾：你。
❿戕：殘害。
⓫噬：咬。
⓬拂然：同怫然，憤怒貌。
⓭顧：看、觀察。
⓮新艋：指新莊與艋舺（今萬華）。
⓯林逆：指反清份子林爽文。林爽文，平和人，遷臺後居大里杙莊（今臺中縣大里市）。清乾隆五十一年七月，天地會反清，擁爽文為盟主，曾攻下彰化、諸羅、鳳山等縣，乾隆五十二年十二月兵敗被執，後遣送京城處死。
⓰閩、粵：指福建人與廣東人。
⓱漳、泉：指漳州人與泉州人。
⓲內府：本指皇室的倉庫，此引申為中國內部。
⓳畛域：範圍、界限。
⓴矧：況且。
㉑秦越之異：指地域的疏遠與對立。秦、越，指春秋時秦、越二國，一在西北，一在東南，相去極遠，後之疏遠相異者，常以秦越作比喻。
㉒同室而操戈：比喻內部相鬥爭。東漢何休專治《公羊傳》，鄭玄著論以駁詰之。何休歎息說：「康成（鄭玄字）入我家，操吾戈以伐我乎？」事見《後漢書‧鄭玄傳》。鄭玄，東漢經學大家，兼通今、古文經，漢代經學今、古文之爭，在鄭玄時得到融合統一。
㉓嘖嘖：讚美聲。

㉔元氣：本指人的精神氣力，亦即生命力的本源，此引申為國力。
㉕邱墟：廢墟、荒地。
㉖鬩牆：自家兄弟互動干戈。
㉗四民：士、農、工、商。
㉘更張：重新張設。
㉙滋愧：更加愧疚。滋，益、更加。

㉚各革面，各洗心：人人改過自新。
㉛夙念：舊有的念頭。
㉜前愆：從前的過錯。
㉝一體同仁：視眾生一律平等。
㉞氣息：此指分類對立的習性。
㉟默消：暗暗地消失。
㊱休：幸福。

賞析

本文共分四段，第一段談到臺灣族群對立的起源，早先是盜匪為了結黨作亂而劃分族群，最後演變成正人君子也跟著走向族群的對立。第二段談到族群融合的必要性。第三段談到臺灣族群對立的各類狀況及其不良影響。第四段則提出解決族群對立的方法，與勾勒族群融合的美麗遠景。

本文的旨趣極為明確，亦即強調臺灣族群融合的重要，希望藉由此文來消弭族群對立的亂象。這樣的文章，是一篇典型具有社會性意義的作品。它的題材取自現實環境，充分顯露文人對於社會國家的關懷，以及對於民生民命的體恤。臺灣由於地理環境及歷史背景的因素，形成多元族群的住民結構。族群的多元化，當然有助於文化上的互補與交流；然而若經有心人的挑撥，卻也容易演變成族群的衝突與對立。當時因為本籍地的不同，大致演變成兩種型態的對立：一種是漳州人與泉州人的對立；一種是閩南人與廣東人的對立。這些對立造成許多武裝上的衝突。觀察當時引爆衝突的原因，主要是爭水與爭地的問題。臺灣道熊一本〈條覆籌辦番社議〉曰：「況兩類肇端，每在連塍爭水，強割佔耕，毫釐口角，致成大衅。」這些武裝械鬥，規模較大見載於史書者，據陳紹馨《臺灣省通志稿．人口篇》的記載，便有二十八次之多，此尚不包括小型及零星之械鬥。這樣的族群對立，對於國家的安定、百姓的安全，當然造成極大的傷害。正因如此，作者才語重心長地勸誡百姓，應當放下仇恨，重視四海一家的同胞情誼，讓各族群能夠相互親愛，使臺灣成為人間樂土。

這篇文章最大的價值，除了揭櫫四海之內皆兄弟的真理外，更重要的是具有現代性的意義。所謂具有現代性的意義，是指這篇文章放在今日臺灣的社會中，仍然適用。今日的臺灣社會，省籍的對立、統獨的對立，較諸作者當時的族群對立，可謂有過之而無不及，嚴重地斲喪臺灣的命脈。我們深切期待所有臺灣的百姓及政治人物，都能明白作者寫作此文的用心，了解四海之內皆兄弟的道理，大家攜手同心，讓族群的對立消失於無形，共同營造和諧歡樂的生活環境。

就寫作的構思來看，這篇文章主要採取正反相生的手法。從段落的安排來看，第二段從正面論述族群融合的重要，第三段則從反面論述族群對立的類型與不良影響，一正一反之間，將族群對立的弊端，進行了深切的剖析。這種手法，在論說文中經常出現。此外，就從單一段落中的論述來看，也有正反相生的手法。例如第二段中談到「夫人與禽各為一類，邪與正各為一類，此不可不分。」這是從正面肯定劃分族群的必要性；接著又說「乃同此血氣，同此官骸，同為國家之良民，同為鄉閭之善人，無分土，無分民，即子夏所言，四海皆兄弟是也。況當共處一隅？」這是從反面否定族群的劃分。藉由這一正一反的論述，讓讀者明白劃分族群的基本原則，並藉此凸顯臺灣族群對立的荒謬性。

在修辭格的使用上，設問、對偶及排比的使用相當頻繁。設問的使用，在本文中扮演著重要的角色，許多論點在設問格的使用下，語氣得到了加強。例如第二段末尾言「何今分類至於此極耶？」第三段言「非奇而又奇者哉？」皆強烈表達對族群對立的痛恨。

至於排比與對偶的使用，例如「同此血氣，同此官骸，同為國家之良民，同為鄉閭之善人。」此即排比的用法。至於「爾其自戕爾手，爾其自噬爾肉。」、「問為漳、泉而至此乎？無有也；問為閩、粵而至此乎？無有也。」、「父誡其子，兄告其弟，各革面，各洗心，勿懷夙念，勿蹈前愆，既親其所親，亦親其所疏。」皆是對偶的使用，讓文章的氣勢讀來洶湧澎湃，強化了論點的力道。

養說

鄭用鑑

善養者，尊親而已矣；不善養者，備旨❶而已矣。

然而人之生❷也，有富貴貧賤，故禮❸有等差❹。事父母者，不可強求❺，如強有所求，將不義以為濫取❻焉。是則見毀❼於身，見辱於父母，見謗❽於鄰里鄉黨❾，其為不孝大矣！惡❿謂之能養乎？是故當循其分⓫，竭其力以為養，非我所能致⓬者，則不必強求之。

昔者，舜耕歷山則以匹夫養⓭，嗣放勳則以天下養⓮，子思以其家養，曾參以其身養⓯，皆各循其分而已。所患⓰者，不能善體其志⓱，而徒⓲取備於禮貌之間⓳，是為養口體⓴，而不知養志，雖甘旨無缺，亦奚足多㉑？是在

人子之自勉耳！

題解

本文選自《靜遠堂詩文鈔》，屬於論辨類古文。文章主旨，在於闡述孝道的真諦。作者以為，真正的孝道在於尊親，而不是物質上的錦衣玉食。所謂尊親，就是做事能夠符合父母的心意。至於物質部分，有多少能力就做多少事，不必過分強求，以至於做出不道德的事，反而使父母蒙羞。

作者

鄭用鑑，字明卿，號藻亭，又號人光，竹塹（今新竹市）人。生於清乾隆五十四年（西元一七八九年），卒於清同治六年（西元一八六七年），享年七十九。

用鑑為開臺第一進士鄭用錫之從弟，兄弟二人皆飽讀詩書，為臺人之俊彥。用鑑二十二歲時，取進為彰化縣學附生。清道光五年，考中拔貢，成為臺灣北部首位拔元。隔年禮部覆試，經取錄為二等第七名，以教職選用。但因雙親年老，不願離鄉求進，因此成為名副其實的徵士。清同治元年，詔舉為孝廉方正。

用鑑主講新竹明志書院三十年，特重德行之教導，為國家培育許多賢才。對於地方事務，用鑑與從兄用錫皆極力投入，其中設義塚、義倉，修文廟、文昌宮、明倫堂等，則多為用鑑所提倡。清光緒二年，福建巡撫丁日昌奏准朝廷入祀鄉賢祠。

學術著作方面，撰有《易經易讀》三卷，闡明道器體用之理，今已散佚。其詩文合刊為《靜遠堂詩文鈔》，王國璠評此集曰：「力趨性靈，和平中正，毫無噍殺之音。」

註釋

❶備旨：準備美味食物。旨，美味。
❷生：生活。
❸禮：社會法則、規範、儀式的總稱。
❹等差：等級。
❺強求：勉強求取能力所不及之事。
❻濫取：不當的謀取。濫，踰越常軌。
❼毀：責難辱罵。
❽謗：指責過失。
❾鄉黨：鄉里。
❿惡：如何。
⓫循其分：遵守本分。
⓬致：達到。
⓭舜耕歷山則以匹夫養：舜在歷山耕種時，是以一己之力奉養父母。
⓮嗣放勳則以天下養：舜繼承堯的帝位後，是以天下的資源來奉養父母。嗣，繼承。放勳，堯之名。

⓯曾參以其身養：曾參以保養自己的身體來盡孝道。《論語・泰伯》中記載曾子病得很嚴重時，曾召集弟子說：「啟予足！啟予手！《詩》云：『戰戰兢兢，如臨深淵，如履薄冰。』而今而後，吾知免夫，小子！」可知曾子是以戰戰兢兢的態度，來保養自己的身體，以免父母擔憂，如此而完成孝道。

⓰患：擔憂。

⓱志：心意。

⓲徒：僅、只。

⓳禮貌之間：在社會規範與儀則的範圍內。

⓴養口體：奉養軀體。

㉑亦奚足多：又如何算是給予很多奉養呢？奚，如何。

賞析

本文分三段：首段談孝道的根本，在於尊親，而不是口腹之養。第二段談到人們的生活狀況，有富貴貧賤的不同，因此侍奉父母的禮數，自然會有等級上的差別。是以對於父母的奉養，只要量力而為便可，不須強作場面，以非法手段去籌措物資，這樣反而會使父母蒙羞。第三段延續前兩段的論點，首先是援引舜、曾子、子思的事例，來佐證第二段的言論；其次是針對第一段的說法，再做更詳細的闡發。

本文對於孝道的闡釋，可說是祖述孔子的理念。《論語・為政》云：「子游問孝。子曰：『今之孝者，是謂能養。至於犬馬，皆能有養，不敬，何以別乎！』」孔子所談的孝道，也是以尊敬父母、體貼父母心意為上，至於口腹的奉養，反而是次要的事情。作者將孔子的觀點再次闡揚，提醒人們盡到孝順父母的本分，希望社會的倫理風氣能趨於良善。這樣的一篇文章，放在今天的臺灣社會來看，是很有價值的。

隨著西方文化的傳入，臺灣的傳統倫理已逐漸瓦解。年輕一代的族群，對於孝順雙親的觀念，已經很淡薄了。這些年輕人的想法是——孝順是老教條，已不合時代潮流。其實這樣的看法，有對有錯。從事物革新的原則來說，視傳統教條為落伍，是可以成立的；但是就孝道本身的意義而言，它並不同於其他的老教條，所以絕不能輕言揚棄。為何說孝順與一般的老教條不同呢？因為孝順屬於真理，真理具有普遍性與永恆性，即使經過再久的歲月，它都不會變質；這就如同和平是真理、仁愛是真理一樣，是永遠都應該存在的。有些老教條，在立論上有其特殊的時空背景，當此一時空背景改變時，這些教條當然要跟著改變。例如「君要臣死，臣不得不死；父要子亡，子不得不亡。」又如婦女「在家從父，出嫁從夫，夫死從子」等教條，在今日的社會中，根本不適用，當然要加以廢除。但是孝順所存在的意義，是教導人們飲水思源的美德，對於養育我們長大的父母，我們懂得報恩，懂得回饋，這是做人最基本的道理，絕對不能輕言揚棄。試想，一個人如果對於養育他的雙親都無法盡孝道、無法加以尊重，那如何奢望他去照顧別人、尊重別人呢？如此一來，人們將變得自私而冷漠，社會的疏離感將會愈來愈重。所以孝道的維護與發揚，是必須加以正視的課題。作者這篇文章體製雖短，但是對於孝道的闡發，頗有助於臺灣社會的道德重建，值得我們用心體會，並且躬身實踐。

友箴小引

鄭用鑑

朋友之交有八：有道德相親交❶者，有學問相成交❷者，有氣節相感交❸者，有然諾相信交❹者，有政治相助交者，有才技相合交❺者，有詩文相尚交❻者，有山水相娛交❼者。下此者，群居狎處❽，卑卑❾不足論矣。爰❿列三箴⓫如右：

【貧賤交】

貧賤之交，不可忘也。方貧賤時，豈其無因⓬者。患難相恤也，有無相通也。不則延譽⓭而知名，不則升堂而拜母⓮也。是而可忘，孰⓯不可忘？

【諍友】

士有諍友⑯，則身不離於令名⑰。寤寐思之⑱，死生以之⑲，朋友之義大矣哉！且四倫⑳，元氣㉑也；朋友，風雷㉒也。鼓動而後相濟㉓，相濟者相全，相全者相知之至㉔也。愚㉕故曰：「朋友之義大矣哉！」

【擇交】

人不交我，必我之無益于人也；我不交人，必人之無益于我也。惟兩相擇，則兩相得也。雖然，盲者負躄者㉖而走，兩相用則兩相治㉗矣。故朋友亦不廢偏才㉘。

題解

本文選自《靜遠堂詩文鈔》，屬於箴銘類古文。文章旨在論述朋友之道，首先，作者提出道德相親交、學問相成交……等八種正當交往的朋友。其次談到朋友交往時所應注意的三件事：一、不可遺忘貧賤之交；二、重視能提出諍言的朋友；三、能擇取朋友的優點，相互輔助。本文的內容，對於我們交友，具有正面的啟示，足以幫助我們獲得良好而穩固的友情。

作者

見本書〈養說〉一文。

註釋

❶道德相親交：因尊重對方道德而交往。
❷學問相成交：因彼此切磋學問而交往。
❸氣節相感交：有感於對方的氣節而交往。
❹然諾相信交：因對方信守承諾而交往。
❺才技相合交：因才能技藝相合而交往。
❻詩文相尚交：因相互看重文章而交往。尚，重視。
❼山水相娛交：以遨遊山水而相交往。
❽狎處：親密往來。
❾卑卑：凡庸貌。
❿爰：於此。《詩經‧斯干》：「築室百堵，西南其戶。爰居爰處，爰笑爰語。」
⓫箴：文體之一，以規誡為目的。
⓬因：依靠、憑藉。
⓭延譽：傳揚名譽。延，延伸、開展。
⓮升堂而拜母：古時友情深厚者，相訪時常進入後堂，拜候對方母親為禮節。《三國志‧周瑜傳》：

「（孫）堅子策與瑜同年，獨相友善。瑜推道南大宅以舍策，升堂拜母，有無通共。」

⑮孰：疑問代名詞，誰。

⑯諍友：能直言規勸的朋友。諍，直言勸誡。

⑰令名：美好的名聲。

⑱寤寐思之：時時刻刻都想念著朋友。寤，醒著。寐，睡著。

⑲死生以之：生與死都在一起。以，連及。《周易‧小畜》：「富以其鄰。」

⑳四倫：君臣、父子、夫婦、兄弟、朋友之間的倫常關係稱為五倫，今扣掉朋友一項，則為四倫。

㉑元氣：此指天地初始之氣。

㉒風雷：風與雷，用以代表促成大自然運化的元素。

㉓濟：助。

㉔至：極。

㉕愚：自謙之詞。

㉖躄者：腳不能走路者。

㉗治：治理、安頓。

㉘偏才：單一才能。

賞析

本文包括一段引序及三段箴辭。引序的部分，提到朋友間的正面交往，可分為八類。至於三段箴辭：第一段以「貧賤交」為題，強調朋友間的交往，不能忘掉貧困時互相幫助的朋友。第二段以「諍友」為題，強調能直言規勸的朋友，可以幫助我們維持好的名聲。第三段以「擇交」為題，強調朋友間的交往，不必要求對方樣樣精通，只要對方具有一項才華或優點，便可以與之交往。

箴這類文體，乃取名古代針法治病之義。古代中國醫藥，有所謂一針、二灸、三用藥的法則，是知針法乃中醫治病的首要步驟。至於「箴」文，其讀音與中醫「針」法相同，目的也在治病的作用上；所不同者，箴是治療品行之病，而針是治療身體之病。箴既然是治療品行之病的文體，故其內容多以矯正缺失，求品行之優良為主。一般而言，箴文具有兩部分：一是散體的序文，一是韻語（以四言為主）的箴辭。這兩部分在本文中皆已含括，不過在箴辭的部分，本文仍以散體寫作，這是它較為特殊，不落俗套的地方。至於箴文的種類，可分為官箴與私箴。官箴是臣下對上位者進行規勸的文章；私箴則是對自己或親友的缺失，加以分析批判，以求警惕戒勵。官箴在唐代之後，用者日少，私箴使用上則較為頻繁，本文屬於後者。

本文的主旨，主要是針對朋友間的交往，提出三點建議：一是希望人們對於貧賤時患難與共的朋友，能永誌不忘。二是好好珍惜能直言規勸的朋友。三是選擇朋友不必求其通才，只要具備一項才能，即可與之交往。這三點聽起來容易，做起來其實很難。就第一點而言，很多人的性格，是屬於可以共患難，卻無法同享福的。所以貧賤時往來熱絡，但飛黃騰達後，便輕視地位低賤的故友。至於第二點，很多人喜歡聽好話，所以當朋友批評自已過失時，往往惱羞成怒，甚至與之決裂。至於第三點，很多人交朋友是想從對方身上得到利益，所以喜歡結交在各方面都極為優秀的人，對於才華較少者，往往不屑一顧。由上述可知，作者所提的三點建議，其實是想矯正一般人在交友上常患的缺失。如果我們能接受作者的建議，相信在朋友間的交往上，能得到極為豐碩的收穫。孔子在交友的議題上，也曾提出三益友——友直、友諒、友多聞；三損友——友便辟、友善柔、友便佞的看法，並有「以友輔仁」之說，正是對交友課題的重視。今作者所提的三項箴言，以及序文中所提八類益友，可與孔子之說相闡發，做為我們交友的規範與依據。

本文的修辭，主要是墊拽與呼應的運用。所謂墊拽，這是清包世臣提出的觀點。墊與拽都是補充加強文意的筆法，它們都是在文意已完整的狀況下，另外補充一段文字以加強文意。墊法分上墊、下墊，所補充的文句在主要文句的上方為上墊，若在下方則是下墊。拽法分正拽與反拽，所補充的文句，其文意的趨向與主要文句相同的是正拽；所補充的文句，其文意的趨向與主要文句相反的是反拽。本文中所使用的是下墊。試看「貧賤交」中，一開始即說：「貧賤之交，不可忘也。」這是主要文句，文意至此實已完整。但作者為了加強文意，底下接續了一段補充文句——「方貧賤時，豈其無因者。患難相恤也，有無相通也。不則延譽而知名，不則升堂而拜母也。是而可忘，孰不可忘？」這段補充文句，加強了主要文句的論點，其位置在主要文句的下方，故為下墊。

至於呼應，是指行文時將前頭所提過的內容或文句，在後邊適當的地方重提，使文意更為鮮明而深刻的修辭法。試看「諍友」這段箴辭，一開始即解釋「朋友之義大矣哉」的原因，文章結束時，又重提「朋友之義大矣哉」。這相同的句子，在後頭被重複提起，正是呼應法的運用。

淡水義渡記

吳子光

義渡❶者，山陰婁公❷治淡時所建置者也。先是淡、彰之交，有甌脫❸地，曰大甲溪，遼闊可數里，野水縱橫，生番出沒為民害。迨❹後開闢日廣，生番走十數里外避之，始有居民，然皆赤貧無聊賴者❺。溪發源自東勢角❻內山，一路曲折奔騰，以達於海。土產怪石，如虎牙，如劍鍔❼，與風水相擊撞。舟一葉❽行石罅❾中，亂流而渡，稍一失勢，則有性命之虞。比之灩澦堆❿、羅刹江⓫、惶恐灘⓬等，奇險尤百倍，乃全臺第一畏塗⓭，行者苦之。然在旱乾時猶可，一遇淋雨⓮之際，兩涯不辨牛馬，溪流灑作十數道，茫茫水國，波浪掀天⓯，或竟月⓰不得渡溪，故險惡。舟子輩更桀獮⓱異常，有問津[18]者，則目睒睒[19]作蒼鷹視，攘臂橫索[20]，必至饜足[21]而後已，否則長江天塹[22]，其能一朝飛渡哉？

婁公一日至其地，望洋者久之。慨然[23]曰：「安瀾[24]固自有術也。」下車，日捐鶴俸[25]，為巨室倡；更撥，無礙官租[26]，共襄厥舉。舟子[27]每季工食，皆官親自給發，無一絲一粒，假手家丁與胥吏[28]者。人隨到隨渡，不准需索片文[29]，仍樹碑碣[30]於渡頭，永著為例。大甲溪規模已立，乃漸次而房裡[31]，而中港[32]，而鹹水港[33]等處，皆準大甲溪章程[34]，以垂久遠。由是行人安穩，布帆[35]無恙，若忘其為破家[36]者。然斯真萬家生佛[37]，苦海慈航[38]，比諸乘輿濟人[39]，苟且於權宜之術，以搏取聲譽者，相去遠矣。

余讀《宋史·包拯傳》，性峭直耿介[40]，與人不苟合，不一毫妄取，平居[41]無私，故人親黨干謁[42]，一切絕之。然惡吏刻薄，務敦厚於人，未嘗不恕云。公之治淡也，剛正嫉惡，雅有孝肅風，而惠澤甚多，至今父老尚稱述之，勿衰。謂公在淡時，政聲為海東[43]冠，無少長，咸[44]尸祝[45]曰：「天乎！人乎！吾儕[46]何修？而獲此好官也。」公雖身處脂膏[47]，不名一錢[48]，離任日行李蕭灑，身被萬人衣以行[49]，群吏則張萬人傘為前導[50]。金字[51]輝煌，與日光相映照。部民[52]捧香伏地，相與設祖帳[53]如儀，數十里不絕，於道有哭失聲者。新任慨嘆久之，以為僅見云。

余慕公賢名，欲為立傳以行遠。然口碑雖載，文獻無徵[54]，縱有班、馬[55]良史才，豈能鑿空[56]以為文哉？噫[57]！士大夫立功立德，卓然[58]與古為徒，若碑銘志傳[59]，不得作家之文以永[60]之，則磨沒[61]而不彰者多矣。此曾南豐〈與歐陽舍人書〉[62]一篇之中，所以三致意[63]也夫。

題解

本文選自《一肚皮集》，屬於雜記類古文。文章主要是表揚淡水撫民同知婁雲興建大甲溪義渡的功蹟。在建置義渡之前，大甲溪水勢湍急，居民渡河異常危險，加上船夫藉機勒索，對百姓造成極大的困擾。婁雲本著悲天憫人的襟懷，排除萬難，設置義渡，解決百姓長久以來的痛苦。文章後半段談到婁雲離職時，百姓對他的緬懷與感恩，讀來令人動容，也為淡水廳百姓能得此好官，感到萬分慶幸。

作者

吳子光，字士興，號芸閣，別署雲壑，晚年自號鐵梅老人、鐵梅道人。原籍中國廣東省嘉應州，後移居銅鑼灣樟樹林莊（今苗栗縣銅鑼鄉樟樹村）。生於清嘉慶二十四年（西元一八一九年），卒於清光緒九年（西元一八八三年），享年六十五。

子光幼時，讀書於家塾「啟英書室」，年十二畢大小經。弱冠渡臺，家置「雙峰草堂」於苗栗雙峰山下，遂定居於此。清同治四年，中式舉人，與搢紳以詩文相遊，並應淡水同知陳培桂之聘，與修廳志。清光緒二年，講學於苗栗文英書院，培養了許多優秀的文人，如丘逢甲、謝道隆、陳萬青、彭殿珍、呂汝玉、呂汝修……等人，都是他的門生。子光與神岡三角仔富豪呂世芳交好。世芳子呂炳南篤好詩文，除了開辦文英書院外，又於同治五年與建筱雲山莊，並典藏經、史、子、集四部圖書二萬一千餘卷。子光常寓居呂家，除了教導學生外，也藉由呂家豐富藏書以自我潛修，生活相當寫意。

子光個性狷介，不喜從俗，遇不平事則牢騷滿腹，其文集以是而名為《一肚皮集》。除此書外，又著有《小草拾遺》、《三長贅筆》、《經餘雜錄》、《芸閣山人集》等，後經臺灣史蹟中心合刊為《吳子光全書》行世。

註釋

❶義渡：義務以船載人渡江。

❷婁公：即婁雲，字秋槎，中國浙江省山陰人。清道光十六年，由惠安知縣調任臺灣府淡水撫民同知。任內平息閩、粵械鬥，置社倉，修明志書院，設大甲溪義渡，政聲遠播，後人祀淡水德政祠。

❸甌脫：邊外的棄地。

❹迨：及、等到。

❺無聊賴者：無所依靠的人。

❻東勢角：今臺中縣東勢鎮。

❼劍鍔：劍刃。

❽一葉：一艘。

❾罅：隙縫。

❿灩澦堆：又名猶豫堆、淫預堆、英武石、燕窩石，為中國四川省奉節縣長江中的巨石，地處瞿塘峽口，形如怪獸。石堆四周，水勢湍急，漩渦暗伏，異常危險。崖上鐫刻「對我來」三字，意即船隻須對石而行，方能順利通過，若是避石而行，反將為漩渦捲入。

⓫羅剎江：即錢塘江，因波濤險惡，故名羅剎江。

⓬惶恐灘：贛江十八灘之一，在中國江西省萬安縣境內，以水行凶險聞名。

⓭畏途：險路。

⑭淋雨：連綿大雨。

⑮波浪掀天：形容波浪高聳。

⑯竟月：整月。竟，終也。

⑰桀獗：兇惡狂肆。

⑱問津：本指問路，後引申為有需求而加以詢問。津，渡口。

⑲睒睒：目光閃爍貌。

⑳攘臂橫索：以蠻橫態度，強行勒索。攘臂，捋衣露臂，表示激動。

㉑饜足：滿足。

㉒天塹：天然的深坑，形容險要不易越過。塹，深坑。

㉓慨然：嘆息貌。

㉔安瀾：平定水患。

㉕鶴俸：微薄的官俸。

㉖官租：租稅，即政府向百姓所徵收的稅金。

㉗舟子：船夫。

㉘胥吏：掌管案卷、文書的小官。

㉙片文：分文，極少的錢。

㉚碑碣：碑刻的總稱，方者為碑，圓者為碣。

㉛房裡：港口名，位於今苗栗縣苑里鎮北房里、南房里。

㉜中港：港口名，位於今苗栗縣竹南鎮中港里。

㉝鹹水港：港口名，位於今臺南縣鹽水鎮。

㉞章程：機關團體所訂的辦事規則。

㉟布帆：船隻。

㊱破冢：本指破冢洲，在今中國湖北省江陵縣東三十里長江東岸。此處行船艱險，晉朝顧愷之曾航行至此，遭遇大風，吹毀船帆。脫困後寫信給殷仲堪說：「地名破冢，真破冢而出！行人安穩，布颿（帆）無恙。」後遂稱歷經險阻，而平安無恙為破冢。

㊲萬家生佛：佛法普施於百姓之意，此指婁雲德澤廣被於民。

㊳苦海慈航：佛教以慈悲心渡人脫離煩惱苦痛，有如航船救援沉溺的眾生，此指婁雲解決百姓的痛苦。

㊴乘輿濟人：坐著華美的車子救濟貧困，比喻沽名釣譽的人。

㊵峭直耿介：正直而光明磊落。耿介，光明正大。

㊶平居：平時。

㊷干謁：對人有所求而請見。

㊸海東：指臺灣，對中國大陸而言，臺灣在海的東方，故稱海東。

㊹咸：皆、全。

㊺尸祝：立尸而虔誠祝禱。尸，古代祭祀時，代替鬼神受享祭的人，後世逐漸改為用神主、畫像。

㊻吾儕：我們。

㊼脂膏：指人民的財物。

㊽不名一錢：極為貧苦。

㊾身被萬人衣以行：指有無數的百姓隨行，比喻清廉而受百姓愛戴。

㊿群吏則張萬人傘為前導：指有眾多部屬在前開路，比喻極受部屬的推崇。

51金字：碑銘所記載的文字。

52部民：所統屬的人民。

53祖帳：為出行者餞別時所設的帳幕。

54徵：考證。

55班、馬：班固與司馬遷。前者作《漢書》，後者作《史記》，均為優秀史學家。

56鑿空：憑空捏造。

57噫：感嘆詞。

58卓然：傑出貌。

59碑銘志傳：皆文體名。碑，可分三種：一種是紀功碑，用以記述某人或某一事件之功業；一種是宮室廟宇碑，主要用來記載建築物興建的緣由和經過；一種是墓碑文，用以記述死者生前事蹟。銘，有兩種：一種是鑄金刻石以記功，一種是告誡性文章。志，即墓志（誌）銘，用散文寫的部分為志，韻語部分為銘。此用以記述死者世系、名字、爵位、行事、壽年、葬地、卒葬月日、子孫概況等。傳，即傳體文章，大致有三種：一是史書上的人物傳記，一是一般文人所撰寫的散篇傳記，一是用傳記體虛構的人物故事，實際上是傳記小說。

60 永：與詠通，歌詠。

61 磨沒：消失埋沒。

62 〈與歐陽舍人書〉：即曾鞏寫給歐陽修的一封書信，正確名稱為〈寄歐陽舍人書〉。曾鞏曾託歐陽修幫其祖父寫墓誌銘，以傳揚其祖父一生的事蹟。事後曾鞏寫了〈寄歐陽舍人書〉一信給歐陽修，以表達內心的感激，並於信中再三地表示，人們一生的功業，必須有優秀的文學家來加以歌詠記載，才能流芳後世。

63 三致意：再三地表達此意。

賞析

本文分為四段：第一段介紹大甲溪的湍險，並描述船夫載渡居民時的惡形惡狀。第二段說明淡水撫民同知婁雲，體恤民疾而興建淡水義渡的心路歷程，以及興建時的艱辛與困難。第三段表彰婁雲的功蹟與節行，並描述百姓在婁雲離職時所表現的不捨與感念。第四段以議論收尾，說明志節之士，必須有文人為其作傳立碑，才能流芳百世，以此點出寫作此文的動機。

本文的主旨，主要是表彰婁雲在淡水撫民同知的任內，為解決百姓渡河之苦，與建義渡的不凡功蹟，並藉此事帶出婁雲的行事風格與整體的施政成效，企圖全面性地架構婁雲的政治成就，也藉此反諷尸位素餐、沽名釣譽的凡庸政客。婁雲，中國浙江省山陰縣人，在清道光十六年時，由惠安知縣調任臺灣府淡水撫民同知。他愛民如子，勤於政事，除了設立大甲溪義渡外，還致力於族群的融合，撫平閩、粵械鬥，而且修建明志書院，發展文化教育，是以蜚聲鵲起，深受百姓的擁戴。這樣的好官，百世難得一見，是以作者特地寫作此文，希望旌揚婁雲的功業以為宦族圭臬。當然，稱揚賢者的同時，也是對不肖者的批判與警戒，那些欺上瞞下、剝削民脂民膏的顢頇官員，看到此篇文章時，必然要心生羞愧，從而收斂自己的惡行。此一文章，放在今日的社會省視，其價值仍然不凡。當今勤政愛民的好官固然存在，但昏愚專擅的惡吏亦不在少數，藉由是文，可以發揮暮鼓晨鐘的效果。

本文在修辭上，運用相當多的技法。首先看第一段至第三段的聯繫關係，可說是一種因果式的結構。所謂因果式的結構，就是由因而果地對事物進行敘述。試看本文第一段，先說明大甲溪的險惡，第二段說明婁雲與建義渡以解決民患，第三段寫到百姓對婁雲的感懷。這三段的撰寫，顯然是由因而果地進行敘述。有水患之因，才會有建義渡之果；有建義渡之因，才會有百姓感懷之果。這種因果式的結構，在記敘類文章中，運用得相當廣泛。

至於本文的結尾，以抒發議論的方式，強調賢人也需要有人為之立碑作傳，才能垂範後世。這樣的寫法，等於說明他寫作此文的「動機」，亦即希望讓婁雲的聲名能傳揚於後世。此一方式，是一種序言式的寫法，亦即如序言一般，介紹文章的主旨、寫作動機、背景資料……等等。序言式的寫法，常放在文章的開頭處，亦即起筆的部分，今置於末段，亦可見其別出心裁之妙。

再看修辭格的部分，首段以灩澦堆、羅剎江、惶恐灘等險地來做為陪襯，以加強大甲溪的湍危，這是「烘托」格的使用。又同段末尾談到「否則長江天塹，其能一朝飛渡哉？」這是「設問」法中的「激問」，亦即答案在問題的反面。今提問大甲溪如長江天塹，能夠在短時間橫渡嗎？答案當然是否定的。此一激問法的運用，目的在加強說明大甲溪的危險性。第三段中，以宋代剛直清廉的包拯來比擬婁雲，這是「類比」格的使用，讓婁雲的耿介端直，得到強化。同段的「天乎！人乎！吾儕何修？而獲此好官也。」運用了「感嘆」及「設問」，凸顯了「獲此好官（婁雲）」的珍貴。

公冶子小傳

吳子光

臺彰❶有呂亞錦者，巧人也，貌古而口訥，有周昌期期❷風味。性無他嗜，惟善鍛❸。其日需冶爐❹橐籥❺，與錘鑿銼削❻。大小錯刀❼之類，手製皆工雅絕倫，無一物借材他族❽者，遂以良冶一家鳴。同學頗妬其能，陰思❾毀抑❿之，迨⓫觀所造，亦噤吤⓬不能聲云。

錦之製器也，兀兀⓭踞⓮爐坐，形如木雕泥塑。耳無他聞，目無他瞬⓯，自出手眼⓰，與器物爭利鈍。肫然⓱，若衣服食飲之須臾⓲不可離者，始知其術精而心苦也。平日于器不苟作，作必竭才而後止。嘗為余作小錯刀，雖焦銅毒銕⓳，大冶⓴斥為不祥之金者，一經其手，以鍛以煉，曲曲㉑惟其意所欲為。而莫伊梗㉒，得好事者鋪張一二辭，安知擊橐裝炭㉓，不附《越絕書》㉔歐治事㉕，以俱傳也？

故余屢戲之，謂昔嵇康鍛于柳下㉖，今子鍛于竹閒，得心應手，幾與古人爭雁鶩行㉗矣。然嵇氏激水環柳下，泉流涓涓，可以鑑㉘，可以濯㉙，則于消夏宜。嵇康鍛竈已㉚，煖而堪眠，雖午橋庄燠館㉛，莫之能過，則于消寒宜。吾不敢薄㉜今愛古，古人總有不可及者，在一切有為法㉝，應作如是觀矣，公治子以為然否？

題解

本文選自《一肚皮集》，屬於傳狀類古文。文章主旨，在說明呂亞錦的打鐵生涯，並從中抽萃出值得常人效法的地方。呂亞錦鍛鐵時專心一志，視外界如無物，故能達到其他鐵匠所不及之處，這是一般人需要學習的地方。作者認為，呂亞錦雖然只是鐵匠，但以他精妙的手藝，或許也能像先秦歐冶子一樣，因善鍛而名垂史冊。藉由本文可以獲得一項啟示，亦即小人物也有不凡之處，值得我們加以學習，只要細心觀察，必能有所收穫。

作者

見本書〈淡水義渡記〉一文。

註釋

❶臺彰：指彰化縣。

❷周昌期期：西漢周昌講話口吃，每每重覆「期期」之語，後遂以周昌期期表示講話結巴之意。見《史記・張丞相傳》。

❸鍛：將金屬放在火中燒紅後加以鎚打。

❹冶爐：熔鍊金屬的火爐。

❺槖籥：古代冶鍊時用以鼓風吹火的裝備。槖，冶鍊的風箱。

❻錘鑿銼削：皆打鐵的技法。錘，鎚打。鑿，用鑿子穿孔。銼，用銼刀研磨。削，用刀斜刮。

❼錯刀：雕刻所用的刀具。

❽他族：其他品類。族，類也。

❾陰思：暗中計劃。

❿毀抑：詆毀壓抑。

⑪迨：及、等到。

⑫噤吩：閉嘴不語。吩，聲也。

⑬兀兀：勞苦用心。

⑭踞：蹲。

⑮瞬：眨眼。

⑯手眼：手段、策略。

⑰肫然：誠懇貌。

⑱須臾：片刻。

⑲焦銅毒銕：燒焦的銅與有毒的鐵。銕，鐵的古字。

⑳大冶：技術高超的冶鐵匠。

㉑曲曲：彎曲貌。

㉒伊梗：抑鬱不舒貌。

㉓擊橐裝炭：鼓動風箱，添加木炭，指冶鐵之事。

㉔《越絕書》：不著撰者姓名，《四庫提要》以為漢袁康撰，吳平所定。原書二十五篇，今亡五篇，凡十五卷。其文類似《吳越春秋》，記春秋時越國之事。

㉕歐冶事：歐冶子的事蹟。歐冶子為春秋時的冶匠，技術精良，曾應越王之聘，鑄造湛盧、巨闕、勝邪、魚腸、純鈞五劍，後又與干將為楚王鑄龍淵、泰阿、工布三劍。其事見《吳越春秋・闔閭內傳》、《越絕書・記寶劍》。

㉖嵇康鍛于柳下：嵇康早年貧困，為了謀生，曾與向秀在樹下一起鍛鐵。事見《晉書・嵇康傳》。

㉗雁鶩行：相次而行，如雁、鶩飛行時排序而進。

㉘鑑：映照。

㉙濯：洗滌。

㉚已：結束、停止。

㉛午橋庄燠館：午橋庄裡的浴室。午橋庄為唐裴度的別墅，在洛陽縣南十里，其地有假山、水池、亭閣、燠館、涼臺等勝景。燠館，浴室的別名。

㉜薄：輕視。

33 一切有為法：佛教用語，共包含四法：一、「色法」，即物質；二、「心法」，即精神活動的主體；三、「心所有法」，即相應心法而產生的心理作用；四、「心不相應行法」，即不與前三法相應，但又不離三者，藉三者的差別，而產生具有生滅變化的現象。《金剛經・正宗分三》：「一切有為法，如夢幻泡影，如露亦如電，應作如是觀。」

賞析

本文分三段：第一段先介紹鐵匠呂亞錦的形貌與個性，並稱揚他打鐵的高超技術。第二段分析呂亞錦打鐵之所以精妙，是因為工作時聚精會神、心無旁騖，而且全力以赴，直到把工作做好為止。段末且引先秦著名鐵匠歐冶子與之相況，以為呂亞錦或許也有機會留名青史。第三段舉嵇康在柳樹下鍛鐵的事蹟，與呂亞錦在竹間鍛鐵相比較，以為嵇康的工作環境較佳，而得出「古人總有不可及者」的結論。

本文傳達的思想，主要有兩方面：首先它藉由描述呂亞錦打鐵的態度，曉喻人們做事應當專心一志，心無二用，就如同文中所言：「耳無他聞，目無他瞬。」而且對於工作要傾全力完成，不可半途而廢。此一道理，看起來雖然簡單，好似老生常談，但做起來其實不容易。其次，在第三段的內容裡，作者以嵇康和呂亞錦相比，而得出古優於今的結論。此一尊古思想，其實是中國傳統文化的特徵之一。中國自孔、孟以來，便講求尊古、法古的觀念。孔子說自己是「好古敏求」，在政治上希望恢復西周盛世，恢復周禮；孟子談到聖王，必稱古之堯、舜。這種尊古的觀念，乃中國文化的特色。作者以為嵇康勝於呂亞錦者，也是尊古觀念所致。平心而論，古代的東西常具有典型性與經驗性，確實值得重視與傳承，但是新事物的創新性與進步性，也是我們該加以重視的。西洋科技之所以日新月異，精神就在於以新替舊，他們看待舊事物，是抱持著認知與理解的態度，而不是做為任何新事物的指導原則。臺灣受中國文化影響甚深，像作者所呈現的尊古觀念，在今天的社會裡仍然濃厚。誠如上之所言，其優點並非沒有，但是它的不足，我們也應該加以認清。

這篇文章對於人物的描寫，包括了靜態描寫與動態描寫二類。第一段針對呂亞錦的外形、性格及口吃習慣做介紹，屬於靜態描寫。至於第二段談到呂亞錦打鐵時的動作及表情，這是動態描寫。藉由兩種描寫方式的交融運用，可以讓讀者對於呂亞錦的認知，產生較完整的概念。

本文在修辭格上，有引用與摹寫的應用。引用部分，即引用周昌、歐冶子、嵇康之典。至於摹寫，如「期期」為聽覺摹寫；「兀兀」、「曲曲」為視覺摹寫。引用的部分，加強了事理的說明以及文章的深度；摹寫的部分，讓事物特質有更為具體、更為鮮明的呈現。

雙峰草堂記

吳子光

臺為郡，固山海交錯區也。山高亞五嶽[1]，北路山最高且大，蜚聲[2]于志乘[3]中者，為玉山，亦名雪山，次雞籠山[4]，又次五指峰[5]。由五指峰南分一支，勢獨尊者為酒桶山[6]，則入后壟[7]境矣。雙峰[8]在酒桶山南偏[9]，距銅鑼灣[10]不五里，峰勢峻如削，即南偏諸山之魯靈光[11]也。

山腰則吳氏草堂[12]在焉，廣不踰田二畝半。堂中高敞處專設栗主[13]，以供祖先，不與彌勒同龕[14]也。兩旁屋十數間，東為坦坦蕩齋，西為心休休軒，稍進為古風今雨樓，最後為一分屋，凡湢浴[15]廚傳[16]之屬，皆取給其中。所謂繩樞草舍[17]，僅足蔽風雨而已。草堂外闢小池塘，水深淺為群魚極樂世界，寘[18]釣竿其側，以供饌[19]，非以放生云。堤上有楊柳數十株，隨風搖曳，如見張緒[20]，當年此為山人[21]所手植者，可與金城柳[22]步厥[23]後塵矣。距柳塘不數武[24]，溪流有聲如沸，其源出雙連潭[25]、草湖[26]，經幾曲以達於草堂外。澗中支以板橋[27]，即出入道所經處。水味淡微寒，猶是在山本色。可煮茶，其次澣濯[28]，又次灌溉。脈絡貫輸[29]，論性理則與月印萬川[30]相類。此山人容膝寄傲之所，即一幅倪雲林[31]水墨圖也。

噫[32]！士君子志存利濟，已無力寘萬間廣廈[33]，庇寒士[34]以歡顏，乃僅為一身一家之謀。即水榭風亭[35]，比之玉山佳處，亦不過自了漢[36]耳，而況草草蝸牛廬[37]歟！第相士以居[38]，相馬以輿[39]，昔人原有明訓。且天地者，萬物之逆旅[40]；仁義者，先王之蘧廬[41]，正不必挾陋巷[42]以窘我顏氏子[43]也，是為記。

題解

本文選自《一肚皮集》，屬於雜記類古文。文章旨趣，是藉由描述簡陋的住宅——雙峰草堂，來傳達陶淵明式的隱逸樂趣。文章一開始，從雙峰草堂的地理位置，到堂中的隔間、布置，以及堂外的山水景色，都做了詳細而生動的描繪。末段引用顏回居陋室不改其樂的典故，說明草堂雖然簡陋，但作者的內心卻是滿足而愉悅的，由此表達棲身山林，安貧樂道的隱逸情趣。

作者

見本書〈淡水義渡記〉一文。

註釋

❶五嶽：指中國的五座名山，中嶽嵩山、東嶽泰山、西嶽華山、南嶽衡山、北嶽恒山，合稱五嶽。

❷蜚聲：聲譽傳揚。

❸志乘：方志一類的史書。

❹雞籠山：即基隆山，在基隆港以東九點五公里處，為基隆火山群中最北的火山。形體近橢圓，海拔五百八十九公尺，孤立於海邊。

❺五指峰：又名五指山，在新竹縣頭前溪南源上坪溪西側。

❻酒桶山：又稱大霸尖山，位於新竹縣尖石鄉與苗栗縣泰安鄉的交界，高約三千五百公尺，外形如一個覆蓋著的大酒桶，故又稱酒桶山。

❼后壟：今苗栗縣後龍鎮。

❽雙峰：山名，在苗栗縣銅鑼村南方五公里處，高約六百公尺。

❾南偏：南邊。

❿銅鑼灣：今苗栗縣銅鑼鄉。

⓫魯靈光：指碩果僅存的人事物。在西漢中衰，盜賊橫肆時，許多京城中的宮殿，如未央、建章等，都遭到破壞，只有魯靈光殿巍然獨存，後遂以魯靈光稱碩果僅存的人事物。

⓬草堂：舊時文人隱居之處所，多名為草堂。

⓭栗主：栗木所做的神主。

⓮龕：供佛的小閣。

⓯湢浴：浴室。

⓰廚傳：指供應過客飲食居宿的處所。

⓱繩樞草舍：簡陋的房子。繩樞，用繩繫門，以代替轉軸，形容居處的貧寒。

⓲寘：與置通，安置。

⓳饌：飲食。

⓴張緒：南齊吳郡人，字思曼，有文才，清雅寡欲。武帝植柳樹於靈和殿前，曰：「此柳風流可愛，似張緒當年。」

㉑山人：本指山居隱士，此指作者自己。

㉒金城柳：指桓溫於金城所植的柳樹。（事見《晉書‧桓溫傳》）金城，在中國江蘇省句容縣北。

㉓厥：其。

㉔武：古以六尺為步，半步為武。《國語・周下》：「不過步武尺寸之間。」

㉕雙連潭：即今苗栗縣三義鄉雙潭村。雙連潭本為潭水名，在清朝時因王爺潭、伯公潭二潭相連而得名。後居民於潭之四周開墾，而形成村落，名雙連潭莊，光復後更名雙潭村。

㉖草湖：即雙草湖，今苗栗縣三義鄉雙湖村。雙草湖（草湖指山坑中茅草叢生之盆地）乃由內草湖與竿草湖二莊毗連而成，是以名之，光復後更名雙湖村。

㉗板橋：木板搭建的橋。

㉘澣濯：洗滌。澣，洗去衣物污垢。

㉙貫輸：首尾通達。

㉚月印萬川：月亮映照在眾多河川上，即水中映月，意在說明空靈而饒富韻味之感。宋代嚴羽論詩，強調詩歌的空靈與韻味。其《滄浪詩話・詩辨》云：「（詩）其妙處透徹玲瓏，不可湊泊，如空中之音、相中之色、水中之月、鏡中之象，言有盡而意無窮。」所謂「透徹玲瓏，不可湊泊」，說的正是空靈之感；「言有盡而意無窮」，說的正是涵泳不盡的韻味。他文中並以空中之音、水中之月、……等現象來進行闡釋。所以本文之中，作者以「月印萬川」（即水中之月）來比喻其草堂前的溪流，正是說明此溪之空靈而充滿韻味也。

㉛倪雲林：即倪瓚，元無錫人，字元鎮，自號雲林居士。善畫山水，以清真幽淡為宗。

㉜噫：感嘆詞。

㉝萬間廣廈：許多豪宅大院。杜甫〈茅屋為秋風所破歌〉：「安得廣夏千萬間，大庇天下寒士俱歡顏，風雨不動安如山，嗚呼眼前何時突兀見此屋。」

㉞寒士：寒微的讀書人。

㉟水榭風亭：臨水之臺榭與乘風之亭閣，皆高雅華麗之建築。榭，蓋於臺上的高屋。

㊱自了漢：只想到自己，不顧全大局的人。

㊲草草蝸牛廬：粗陋而狹窄的房舍。

㊳相士以居：鑑別讀書人的賢愚，是看他平時的言行。居，平時。《孔子家語．子路初見》：「相馬以輿，相士以居。」

㊴相馬以輿：鑑別馬的優劣，是看牠駕車的能力。輿，車子。

㊵逆旅：旅舍。

㊶蘧廬：旅舍。

㊷陋巷：狹窄簡陋的街巷，亦指貧窮人家的居處。

㊸顏氏子：本指顏淵，此處乃作者自比之辭。顏淵為孔子學生，安貧樂道，以德行著稱。

賞析

本文分三段：第一段先談雙峰山四周的山系，從玉山、雞籠山、五指峰、酒桶山到雙峰山，或由高而低，或由遠而近，依序列之。第二段針對構築於雙峰山腰的雙峰草堂進行介紹，仔細說明各個房間的位置與功能。至於堂外風景，也做了生動描繪，不論是池塘、柳樹或是屋前溪流，都有傳神的描寫。第三段抒發作者的人生觀，亦即如顏淵一般，享受安貧樂道的心靈生活。

本文的線索安排，可說是主線與副線交織。所謂線索，是指文學作品中表達文旨的脈絡。線索可分主線、副線。主線是指主要文旨的脈絡，它貫穿全篇，就如同樹木的主幹一樣。至於副線，是指次要文旨的脈絡，它可能在某些段落裡呈現出來，或是通篇皆有，但份量少於主線。其作用在於豐富主線，使內容更精彩，就如同樹木的枝葉一樣，可以襯托主幹。本文的主線，是針對雙峰草堂的介紹，由裡至外，將草堂可資陳述之處，都做了說明。透過此一說明，也讓讀者明白作者的居家環境與生活狀態。至於副線，則是闡述作者的處世哲學，亦即顏淵一簞食、一瓢飲的生活美學。

除了主、副雙線的交織外，本文也使用了情景交融的手法。第一、二段皆屬寫景的範圍，第三段則由景入情，從描寫簡陋的草堂及周遭的山水景觀，轉成心境的剖析，頓時之間，情景交融互生，渾然一體。情景交融的使用，可以讓無生命的景物，注入作者鮮活的精神，至於作者內心的情感，也因為此一具體景物的存在，而得到寄託與傳達。

本文的典故引用相當精彩，主要有化引與稽古兩類。所謂化引，是指引用時，不說引語的出處，並將要引用的文字加以增減、改易，進而化入自己的文章中，在形式上常看不出是引用。例如本文第三段：「無力寘萬間廣廈，庇寒士以歡顏。」乃化引杜甫〈茅屋為秋風所破歌〉：「安得廣夏千萬間，大庇天下寒士俱歡顏。」經過作者的增減改易，與原貌已有出入。至於稽古，則是引用前人的事蹟和歷史故事。這種引用法，有時是詳細的引用（全引），有時則簡略地引用（略引）。本文使用的稽古法，皆為略引。如第二段引張緒、金城柳、倪雲林水墨圖三項典故，都是稽古中的略引法；作者沒有詳細說明這些前人的完整事蹟，而是留給讀者自行尋索與思考。藉由典故的使用，文章的意旨較為迂迴曲折，能避免淺露之病，文章的整體氣勢，也更見典重。

放鳥

吳德功

余書齋中有玉燕兩對，異產❶也，比雀小些，色白如雪。破曉❷時吟聲清喨❸，與雞鳴聲相和，娓娓❹動人。弟侄輩酷嗜，有如拱璧❺。雕漆❻其籠，夜罩以羅帳❼，朝飼以豆漿，夕飼以蛋麵，三日為之沐浴毛羽，糞除其雕籠焉。

予以為一鳥之故，而旦暮❽勞人，況鳥久羈❾於此，必大拂❿其性，曷若⓫放之，使各遂⓬其生⓭乎。爰⓮令人放之。初止於屋角，繼之於庭樹，唶唶啾啾⓯，回顧睨視⓰，徘徊而不遽⓱去。

予顧⓲友人而言曰：「樊籠⓳之困，何如山林之樂也。相⓴彼鳥矣，雖不能如鵬之摶㉑九萬里，扶搖直上㉒乎，盍㉓效燕燕㉔于飛，下上其音㉕乎？抑㉖

效嚶嚶㉗黃鳥，遷於喬木乎？不然，或如鷦鷯一枝㉘，雌雉三嗅而作㉙，天空任飛，弋人何篡㉚？奚㉛以既脫鎖韁㉜，竟將翱而將翔，倏㉝倦飛而斂翼㉞，戀戀主人，躊躇而不忍去哉？」友人告予曰：「此鳥非戀主人，實貪安樂也。此鳥之安居簷下，不必自營巢壘，而免風雨飄搖，不猶愈於烏鵲繞樹三匝㉟，無枝可依乎？坐享籠中，不必自尋稻粱，而免拮据卒瘏㊱，不猶勝於鴻雁哀鳴嗷嗷㊲，莫我肯穀㊳乎？」

生於憂患，死於哀樂，人猶如此，於鳥乎何尤㊴？嘗見豪傑之士，閉戶潛修，豈不思一鳴驚人，干青雲㊵而直上。詎㊶知溺於槃樂佚安㊷，卒㊸至愒日㊹玩時，自甘暴棄，沒世而名不稱，膏粱酣豢㊺之中，埋沒幾人性靈矣。此齊姜所以有懷安敗名之戒㊻，左氏以晏安㊼為鴆毒㊽也夫。

題解

本文選自《瑞桃齋文稿》，是一篇雜記類古文。文章旨趣，主要是藉由兩對貪戀安樂的玉燕，不願重返山林的故事，來告誡人們千萬不可縱欲享樂，而失去自身的志向。文中玉燕在主人的呵護下，有雕漆的鳥籠可住，有豆漿、蛋麵可吃，三日而有主人為其沐浴毛羽。因此在作者命人將其放生後，竟頻頻回顧，不肯離去，顯示出為了生活的安逸，寧願困於籠中而不願離開。這樣的行為，當然違反鳥類翱翔山林的自然本性。所以作者由此聯想到若干豪傑之士，原先存有青雲之志，後來也因為貪求享樂而迷失自我。於是作者在結尾時，以齊姜勸重耳（晉文公）莫因懷安而敗名的故事，來警惕世人當振奮求進，不可安於逸樂。

作者

吳德功，字汝能，號立軒，臺灣彰化縣人。生於清道光三十年（西元一八五〇年），卒於民國十三年（西元一九二四年），享年七十五。

德功系出延陵，為彰化望族。先世誠厚公，於清乾隆年間自閩之同安來臺，定居彰化。至其祖，移居城內總爺街，代以孝傳家，素積福德。德功幼治舉業，潛心經傳，於清同治十三年補博士弟子員，名標上舍。清光緒二十一年，得膺歲貢。

德功本性淳厚，名望一方，且任俠好公，曾協助地方籌建及修葺節孝祠、育嬰堂、忠烈祠、元清觀、定軍寨等，極獲地方之稱戴。德功博學淵通，見識卓著，不論經、史、詩、文，均極嫻熟。著有《瑞桃齋文稿》、《瑞桃齋詩稿》、《瑞桃齋詩話》、《戴案紀略》、《施案紀略》、《讓臺記》、《觀光日記》、《彰化節孝冊》等書，臺灣省文獻會將之輯為《吳德功先生全集》以行世。

註釋

❶異產：產於異地。

❷破曉：天剛亮。

❸清喨：聲音清澈響亮。

❹娓娓：聲音不斷的樣子。

❺拱璧：本指大的璧玉，後引申為珍貴之物。《左傳・襄公二十八年》：「與我其拱璧。」疏：「拱，謂合兩手也。此璧兩手拱抱之，故為大璧。」

❻雕漆：在器物上塗漆，於漆半乾時，浮雕出山水花卉等圖形，再加以烘乾磨光，謂之雕漆。

❼羅帳：羅製的絲帳。羅，質地輕柔的絲織品。

❽旦暮：終日。

❾羈：束縛。

❿拂：違逆。

⓫曷若：何不。

⑫遂：順。
⑬生：與性通，本性之意。
⑭爰：於是。
⑮唶唶啾啾：皆鳥叫聲。
⑯睨視：斜視。
⑰遽：急速、迅速。
⑱顧：視、看。
⑲樊籠：鳥籠。
⑳相：視、看。
㉑摶：憑藉。
㉒扶搖直上：飛升極快，如旋風自下而上。扶搖，旋風。
㉓盍：何不。《論語・公冶長》：「盍各言爾志。」
㉔燕燕：燕子。《詩經・燕燕》：「燕燕于飛，差池其羽。」疏：「此燕即今之燕也，古人重言之。」

㉕下上其音：上上下下地飛翔鳴叫。
㉖抑：或。
㉗嚶嚶：鳥叫聲。
㉘鷦鷯一枝：比喻只要有棲身之所便可，不求居於高位。《莊子・逍遙遊》：「鷦鷯巢於深林，不過一枝。」鷦鷯，鳥名，又名「巧婦」、「鸋鴂」，鳴禽類，體小，長約三寸，羽毛赤褐，有黑色橫斑，嘴尖。
㉙三嗅而作：指雌雉遇擾，鳴叫而飛走，比喻善於擇地而居。嗅，為嘎字之誤，鳥鳴聲。《論語・鄉黨》：「色斯舉矣，翔而後集。曰：『山梁雌雉，時哉！時哉！』子路共之，三嗅而作。」晁氏曰：「石經（漢熹平石經）嗅作嘎，謂雉鳴也。」
㉚弋人何篡：獵人如何能以繩箭射取？弋，以繩繫箭而射。篡，以強力奪取。

㉛奚：為何。
㉜鎖韁：拘禁控制。
㉝倏：本意為疾走，引申為忽然、疾速之意。
㉞斂翼：收起翅膀，停止飛翔。
㉟匝：環繞一周為一匝。
㊱卒瘏：疲病。卒，與悴通。
㊲噭噭：鳥鳴聲。
㊳莫我肯穀：不肯以善道待我。穀，善也。
㊴尤：責怪。
㊵干青雲：求取顯達官位。青雲，本指高空，引申為高官顯爵。
㊶詎：豈。
㊷槃樂佚安：安逸享樂。槃，樂也。《詩經・考槃》：「考槃在澗，碩人之寬。」傳：「槃，樂也。」佚，逸也。
㊸卒：終。
㊹愒日：荒廢光陰。
㊺膏梁酣豢：貪戀美食與飲酒享樂的生活。膏梁，肥美食物。酣豢，飲酒娛樂的生活。
㊻齊姜所以有懷安敗名之戒：齊姜因此有貪戀安適，將敗壞聲名的誡言。齊姜為齊桓公之女，晉文公重耳的夫人。當初重耳父親晉獻公娶驪姬，聽信驪姬的讒言，殺太子申生。重耳出走，周遊列國。至齊，桓公將齊姜嫁給重耳為妻，並給他許多財物，重耳安於逸樂，不願離開。重耳部屬在桑樹下密謀，打算帶重耳回國。此事被樹上採桑女聽到，將此事告訴齊姜。齊姜怕採桑女洩密，於是將她殺死。事後齊姜勸告重耳，希望他回晉國掌政，不可貪戀齊國安逸的生活，否則將敗壞聲名。事見《左傳・僖公二十三年》。
㊼晏安：安逸。
㊽鴆毒：毒害。鴆，有毒之鳥，雄曰運日，雌曰陰

諧，其羽有劇毒，飲之即死。

賞析

本文可分四段：第一段描述作者豢養了一對玉燕，這玉燕毛色雪白，鳴聲清亮，所以受到家人無微不至的照顧。第二段談到作者欲放生玉燕，使其恢復原始的野生生活，但玉燕卻徘徊不欲離去。第三段藉由作者與友人的對話，探討玉燕所以不欲離去的原因，乃因貪圖豢養生活的安逸。第四段以鳥喻人，感嘆某些讀書人，原本具有崇高理想，然而一旦沈迷於享樂，便自甘墮落，終至失去良善的本質，就如同玉燕忘卻本身的野鳥本質一樣。

本文的主題表達方式，是採用借事說理的手法。作者藉由放生玉燕的事情，來說明讀書人懷安敗名的可怕。這種藉由故事來進行說理的方式，比起板著臉孔直接訓示讀者的作法，要更為柔性而有趣，較不會因過度強硬而引起讀者的反彈與厭惡，對於道理的闡發，反而更具效果。

本文的敘述方式，在第三段中，採用了問答體的模式。作者與友人在一問一答中，解開了玉燕在野放後，卻不願離開的原因。這種問答體的模式，脫胎於漢賦。典型的漢代賦體，多採主客問答的方式進行。例如枚乘〈七發〉、揚雄〈兩都賦〉等皆是。透過一問一答的方式，讓文章充滿現場的真實感，容易吸引讀者的注意力，也讓文章的結構更添變化。此外，藉由問答的進行，也可以讓問題的各個面向都得到討論，易於將作者的理念完整地傳達出來。

本文的末段，屬於引用式的結尾。所謂引用式的結尾，就是引用典故、俗諺，或名人言語來做為文章的結束。本文引用的是晉文公（重耳）遊歷齊國，因沈溺享樂而不願回國掌理朝政的典故。藉由此一典故的使用，讓懷安敗名的道理更見彰顯，在文章結束的時候，留給讀者強烈而深刻的印象。

竹瓶記

吳德功

今夫權奇倜儻❶之士，苟處在荒陬❷僻壤之間，難以表白於世，即罹處❸於通都大邑，苟非有人物色❹之，亦終與草木同腐。此不獨人也，於物亦然。

去年秋間，予往二林開墾地。見其竹節半焦，放置庭中，任雨淋日曝，匪朝伊夕❺矣。予俯而視之，見其質堅而古。令人審曲面勢❻，裁成一竹瓶。拳曲❼離奇，底圓而上匾❽，如人佝僂❾狀。置諸几上，以插野花，殊有雅致。客有見之者，無不稱為奇特，是物遂與彝鼎❿圖書而並重。

於是嘆此物之所遭⓫，非偶然也。夫是竹也，生於荒郊曠野，夾在諸竹內，當其含苞⓬出土，不能直幹參天，以鬱⓭成此形體。是猶人背負龜駝⓮，胸積儡磈⑮，生帶殘疾，固⑯為斯物之不幸矣。然亦因此隱在荊棘中，為刀斧所不能傷，為樵子所不易採，始能歷數十年之久，以成此堅貞之質，是為不幸中之幸也。使當日者，爨夫⑰一炬而焚之，已與骨柮⑱同為煨燼⑲，此物亦難圖存。又使不過予為之賞識，裁成器具，日為牧子農夫所踐踏，亦長溷⑳於塵埃中，此物亦難以表見㉑。

古人云：「一經品題㉒，便作佳士。」吾於此物，亦云然也。蔡邕㉓聞人爨桐㉔，其聲鏗然㉕，裁之為琴，名為焦尾㉖，至今傳為美談。此瓶能否與焦尾之琴並傳於後世，吾猶不得而知也，爰㉗振筆㉘為之記。

題解

本文選自《瑞桃齋文稿》，屬於雜記類古文。文中藉由一個被埋沒於荒郊曠野的竹瓶，來闡釋千里馬須有伯樂方能展現長才的道理。作者有一次至二林開墾荒地，在野地裡發現一個形體彎曲的竹節，他認為此一竹節頗富韻致，所以加以裁度，做成竹瓶，藉以裝飾花朵。於是這塊看似無用的竹節，頓時變成饒富價值的雅器。由於此一機緣，讓他體會到世間的人事物，若想發揚顯達，往往須藉助於有力人士之手，否則可能混雜於俗世之中，永遠無法顯露。

作者

見本書〈放鳥〉一文。

註釋

❶倜儻：超逸不受拘束的樣子。
❷荒陬：荒涼偏遠的地方。
❸羅處：置身。
❹物色：訪求。
❺匪朝伊夕：不是短時間。匪，非也。伊，語助詞，無義。
❻審曲面勢：審察事物之曲直形勢。
❼拳曲：彎曲。
❽匾：與扁通。
❾佝僂：病名，患此病者，胸部成雞胸狀，背部駝背彎曲。
❿彝鼎：祭祀用的鼎。彝，古代青銅祭器的通稱。

⓫邅：行進艱難，困居此地。

⓬含苞：此指竹筍初出土時包裹著筍殼。苞，與包通，包裹之意。

⓭鬱：蘊結不能舒張。

⓮龜駝：指背部隆起如龜背。

⓯儡磈：胸中抑鬱之氣。

⓰固：實。

⓱爨夫：炊煮食物的人。爨，炊也。

⓲骨柮：短木頭。骨，與榾通。

⓳煨燼：灰燼。

⓴溷：與混通，交雜之意。

㉑見：與現通。

㉒品題：品評高下而定名目。李白〈與韓荊州書〉：「今天下以君侯為文章之司命，人物之權衡，一經品題，便作佳士。」

㉓蔡邕：東漢陳留人，字伯喈。靈帝時拜郎中，後以事免官。董卓召為祭酒，累官中郎將。學問淵博，好辭章，善鼓琴，通書畫。事見《後漢書》本傳。

㉔桐：梧桐木。

㉕鏗然：聲音清亮的樣子。

㉖焦尾：即焦尾琴。據《後漢書・蔡邕傳》記載，吳地有人燒梧桐木，蔡邕聽燃燒之聲，知此木為製琴之良材，於是以剩下的部分做成古琴，果然音色優美，因末端有燒焦痕跡，故名焦尾琴。

㉗爰：於是。

㉘振筆：提筆書寫。

賞析

本文分為四段：第一段談到作者對人生的看法，亦即所有的人事物，都需要獲得他人的賞識與提拔，才能有所表現。第二段敘述作者至二林墾地，無意間發現一個竹節，進而裁製為瓶，以供觀賞的經過。第三段藉由此竹瓶的遭遇，來抒發人才也需要提拔，否則難以顯露的感嘆。第四段以自己裁製竹瓶之事，與蔡邕裁製焦尾琴一事相比附，希望此一竹瓶也能如焦尾琴一般，傳名後世；當然，也再次暗示人才需遇賢主方能通達的道理。

中國歷代的文人，經常在文章中表達懷才不遇的感傷。韓愈的〈進學解〉如此，陸龜蒙〈江湖散人傳〉亦復如此。此篇雖不必然是作者自我懷才不遇的感嘆，但至少也是為普天下空有才華而未受重用的人士，發出不平之鳴。這樣的作品，代表著廣大知識份子的心聲，因為想藉著讀書以光耀門楣、施展抱負的士子實在太多了，但是有幾人真正能獲得任用，能夠飛黃騰達，所以失意的人比比皆是。此一文章，正道出這類文人的心聲。當然，它的意義絕不只是發牢騷而已，從積極面來看，也有提醒上位者重用人才的意涵存在。

本文寫作手法的使用，大抵可從四方面來說：首先就主題的表達而言，是採取借物說理的方法。藉由竹節埋沒於野地，因他的發現而成為供賞的珍玩，來說明讀書人也需要受到有力人士的發掘，才能一展長才的道理。這種以竹之理而談及人事之理的方式，正是借物說理的手法。

其次是起筆的方式，本文屬於議論式起筆。所謂議論式起筆，就是文章的首段是採取議論的方式寫成。本文首段，談到不論是人或物，若想發揮所長，就必須獲得上位者的提拔。整段文字只有短短數十字，但因出之以議論之語，所以讀來鏗鏘有力，擲地見聲。

其次是呼應法的使用。所謂呼應，是指行文時將前頭提過的內容，在後邊適當的地方重提，使旨趣更為深刻。它可以是文句的重複出現，也可以是文意的再次呈顯。本文首段闡釋了千里馬亦須伯樂的道理，此一道理，在末段得到呼應，末段說：「一經品題，便作佳士。」強調的也是這種觀念。藉由呼應法的使用，文章的旨趣始終扣得很緊，令讀者印象深刻。

最後是類比法的運用。所謂類比，是指在談論某件事物的道理時，為了讓道理更清楚，所以找來另一個具有相同道理的事物，以為輔助說明。因為這兩件事物的道理相通，所以能夠互相比附。本文第三段裡，作者談到此一竹節，因為生於郊野，又被眾竹所包夾，所以不得舒展而形貌醜陋。為了加強說明此一道理，作者採用類比法。他說：「（此竹）是猶人背負龜駝，胸積傴魄，生帶殘疾，固為斯物之不幸矣。」這段話正是以駝背者的醜陋與不幸，來類比竹節的醜陋與不幸。類比法的使用，可以讓相同的道理再次獲得說明，有效地增加讀者的認知與掌握。

刑賞忠厚之至論（二）

施士洁

嗚呼❶！時之日❷，忠厚日非，尚得謂之刑賞哉！古之理人❸者，勸賢❹而畏刑，卹人❺不倦。賞以春夏❻，刑以秋冬❼，先王忠厚之道，於是乎在。降及後世，苛暴日甚，而黥椓髡鉗❽之所及，濫於刑矣；嬖倖❾日多，而車服帶礪❿之所加，僭⓫於賞矣。蘇子曰⓬：「《春秋》之義，立法貴嚴，而責人貴寬。因⓭褒貶以制賞罰，亦忠厚之至⓮也。」斯言也，其深有慨⓯於後世之刑賞也，其深有望於刑賞之忠厚也。

夫⓰先王之所操⓱以治世者，不外刑賞諸大端⓲，而皆垂為後世法，其見於虞夏商周之書者，無論⓳矣。蘇子生宋時，以嘉祐二年〈春秋對義〉第一

⑳，其志固欲舉刑賞而歸於忠厚，為世大用㉑，而卒㉒不得所志，以迄貶謫㉓，何也？《春秋》以匹夫法天下㉔，蘇子究其旨，以為躬行㉕，旁薄鬱勃㉖於中，而不能自已㉗。千載而下，讀史者猶為之掩卷太息㉘焉。士大夫不幸生當叔季㉙，欲求如蘇子在宋理學之世，考論《春秋》義法㉚，且不可得，夫非古之所謂忠厚者，愈去而愈遠哉？

世之用夷變夏㉛，日即於被髮左袵㉜之風，烏㉝知所謂先王之道與春秋之義法？一旦出而治世，則刑賞倒置，忠厚即因之以亡，而烏得不為蘇子所深惡而痛絕之也？嗚呼！刑賞者，天下之大端，士大夫侈言㉞忠厚，而適㉟以弊㊱刑賞。其去忠厚之世日遠耶！其並㊲刑賞之道而不知耶！

題解

本文選自《後蘇龕合集》，屬於論辨類古文。文章主旨，在闡述刑賞制度，是國家大法，必須以忠厚為依歸，才不至於亂法壞制，造成國政的隳廢。

作者生於十二月十九日，與蘇軾的生日相同，因此頗以蘇子再世自況，後遂以「後蘇龕」名其文集。此文之作，命題一依蘇子〈刑賞忠厚之至論〉，更可看出學步蘇子之處。觀是文內容，論點多祖法蘇子，可與蘇文相互參讀，相互闡發，對於執政者具有振聾發聵的作用，是一篇不可多得的政論文章。

作者

施士洁，名應嘉，字澐舫，號芸況，又號喆園、楞香行者、鯤瀣棄甿，晚號耐公，或署定慧老人，臺南市人，居赤崁樓旁。生於清咸豐五年（西元一八五五年），卒於民國十一年（西元一九二二年），享年六十八。

士洁幼年便聰慧過人，六歲能屬對，二十歲舉茂才，隔年登清光緒丙子鄉薦，二十三歲聯捷禮闈，成二甲進士，點內閣中書。雖得功名，然生性不喜仕進，歸鄉教學，先後掌白沙書院（位於彰化）、崇文書院、海東書院（以上二者位於臺南），菁莪弘道，作育賢才。常與名士唱和，和唐景崧、丘逢甲、羅大佑過從甚密，四人唱和之作被輯為《四進士同詠集》。

臺灣割讓日本後，士洁恥為異族之民，攜眷歸泉州。清宣統三年，出任同安縣馬巷廳長。民國六年，往福州，入「閩省修志局」，負責史料之撰修。不久寄居廈門鼓浪嶼，滿腔熱血與無盡的悲憤，都寄託在詩文中，因有《耐公哭》之作（已亡佚）。民國十一年，病逝於鼓浪嶼。

士浩節行巍峨，視富貴如浮雲，然拯邦濟世之心，卻異常強烈。在滿腹才學無處發揮下，他將所見所聞，所思所感，都化入字裡行間，是以作品中深切地反映當時的社會景象，頗具史料價值。其生平著述甚豐，較重要者計有《鄉談律聲啟蒙》、《日記》、《喆園吟草》、《後蘇龕詞草》、《後蘇龕詩鈔》、《後蘇龕草》、《後蘇龕稿》、《後蘇龕文稿》。其中《後蘇龕文稿》、《後蘇龕詩鈔》、《後蘇龕詞草》，黃典權將之合編為《後蘇龕合集》；此外，黃氏又將其作品中有關臺灣史料者，彙為補編，以為研究臺灣文獻之資料。

註釋

❶嗚呼：感嘆詞。

❷時之日：這個時代。

❸理人：治理百姓。

❹勸賢：勉勵人修養才德。

❺卹人：關懷百姓。

❻賞以春夏：古人配合節候進行賞罰，春夏為萬物生長的季節，所以賞賜臣子在春夏之時。《左傳・襄公二十六年》：「賞以春夏，刑以秋冬。」

❼刑以秋冬：秋冬氣候寒涼，草木凋零，古人遂於秋冬施行刑罰，以配合節氣。

❽黥椓髡鉗：皆刑罰之名。黥，在額上刺字之刑。椓，宮刑，割去男子生殖器之刑。髡，去髮之刑。

鉗，以鐵鎖頸之刑。

❾嬖倖：帝王所寵愛的人。

❿車服帶礪：皇帝賞賜的財物與爵祿。車服，車及章服。帶礪，亦作帶厲，指世代永傳的爵祿。《史記・高祖功臣侯者年表》：「封爵之誓曰：『使河如帶，泰山若厲。國以永寧，爰及苗裔。』」意思是說，即使黃河窄如衣帶，泰山小如礪石，國家仍舊永遠存在。後遂以帶礪比喻功臣的爵祿，世代永存。

⓫僭：超出分際。

⓬蘇子曰：蘇子指蘇軾。蘇軾所說的這段話，出自其〈刑賞忠厚之至論〉一文。

⓭因：藉著。

⓮至：極。

⓯慨：感嘆。

⓰夫：發語詞，表示將發議論的語氣。

⓱操：持。

⓲大端：大原則、大綱領。

⓳無論：不須多說。

⓴〈春秋對義〉第一：蘇軾於宋嘉祐二年應禮部會試時，先以〈刑賞忠厚之至論〉一文，得初試第二；後又以〈春秋對義〉一文，得複試第一。

㉑大用：重用。

㉒卒：終。

㉓貶謫：官員因罪降職，並移調他處。

㉔《春秋》以匹夫法天下：《春秋經》以孔子一人之道為天下的準則。

㉕躬行：親身實踐。

㉖旁薄鬱勃：盛大而充滿。旁薄，亦作磅礴，盛大。鬱勃，盛多貌。

㉗自已：自我停止。已，停止、結束。

㉘掩卷太息：合起書本而發聲長嘆。太息，嘆息。

㉙叔季：指國家混亂，即將衰亡的時期。
㉚義法：義理與筆法。
㉛用夷變夏：指採用西方學術，更改中國傳統學術。
㉜被髮左衽：披散著頭髮，衣衽在左，指夷狄的文化。《論語・憲問》：「微管仲，吾其被髮左衽矣。」
㉝烏：如何。
㉞侈言：誇口。
㉟適：正、恰。
㊱弊：損害。
㊲並：與併通，吞沒、消滅之意。

賞析

本文分三段：第一段以感嘆發語，談到先王之世，以忠厚治國，後來的君王卻濫刑僭賞，破壞制度。作者並於段落末尾引用蘇軾的話，表達以忠厚定刑賞的期待。第二段承接前段文意，繼續說明先王以忠厚定刑賞的事蹟，然後將話鋒一轉，感嘆蘇軾恪守《春秋》之義，以忠厚定刑賞，卻慘遭世人的排擠，作者也因而產生忠厚之道已日益薄弱的懷疑。第三段是作者對自身所處的時代進行批判。作者認為，當時的文化環境受西學影響很深，士大夫誇言忠厚，但並非真是先王忠厚之道，於是傳統制度被嚴重破壞，離忠厚之世也就愈來愈遠了。

本文的主題，在於提倡以忠厚為本的政治思想，希望上位者在賞善罰惡時，能以忠厚為依歸。由文中的論述看來，作者的理念，乃祖依三代聖君、《春秋》義法、蘇軾之說而來的，這是儒家仁義治國的政治思想。這樣的政治理想，展現了作者關懷社稷，心繫國事的高尚情操。此篇文章，放在今天的社會審視，仍具有一定的社會意義，因為以仁心待天下，是身為領袖者所應正視的基本課題。

從文章價值學來看，本文具有政治性的價值。大陸學者敏澤的《文學價值論》一書中，說這類作品的價值，在於具有「教育的功能」，因為舉凡政治的、社會的、倫理道德的文章，都能「淨化人的靈魂和昇華人的思想情感」，所以能施諸於教育而產生其價值性。不過，現代許多倡導純文藝的學者，或許並不認同這樣的文章。主張純文藝者，強調文學的本質在於「為藝術而藝術」，亦即文學的存在，只是為了滿足個人的創作情感，而不應具有任何實用目的。所以像孔子、孟子、韓愈這些中國的傳統文人，企圖以文學來教化百姓、治國安邦，本質上都屬於「為人生而藝術」，是雜文學的範疇，不能算是純文學。其實純文學論者，他們標示了一個崇高的理想，企圖把文學當成一個純藝術品看待，但文學與政治的關係，說要完全撇清，是有其困難的。亞里斯多德說：「人是政治的動物。」人既然是政治的動物，那麼由人寫出來的文學，又如何完全不涉政治性呢?涂公遂《文學概論》說：「在任何文學作家作品中，也絕不會沒有政治思想流露於其間，無論是直言的、暗喻的、寄託的、意在言外的。」由此看來，本文在政治上的價值，是必須予以正視及運用的。

科山生壙詩集序

丘逢甲

有山張兩翼，而中尖，上出雲表，曰鷂峰❶。冬常積雪，海上詩人所咏為「鷂峰晴雪」者也。其山脈西出，大甲❷、大安❸兩溪之水夾之，有巍然❹起於東勢角❺之西北者，釣神山也。由是連峰而西，以盡於海。連峰間有逆迴❻而卓峙❼，面大甲溪而東立者，是為鍋督科山❽。以其山間之地如鍋，而有督。督者，中也。登其山，凡大甲溪以東，及其兩岸所有之烟巒雲嶂❾，氣象萬千，怡心曠神，則謝君頌丞❿之生壙⓫在焉。

昔唐之季世⓬，司空圖⓭隱中條山之王官谷，預為生壙。時與親友飲其間，所謂鸞臺⓮者，亦攜之同遊。自古奇人傑士，身丁⓯世變，無可如何⓰，往往斂其悲歌感憤之思，為放達過情⑰之舉，今復于君遇之矣。君自營生壙，無時月不往，春秋⑱佳日，屢為高會⑲，東山攜妓⑳，饒有㉑先風，而哀樂過人，固非忘身㉒之感也。已自為歌詩張㉓之，而遺民之能歌詩，凡與會與不與會者，亦同而張之，裒然㉔成集。此則表聖所無，以今況㉕古，實為過之。

乃遙從海上書來，謁序㉖於吾。予與君仍㉗世中表㉘，以兄事君。自少及長，文義之賞折㉙，道德之切磋，疾病之扶持，患難之奔走，交相許㉚也，亦交相重也。而滄桑已變㉛，萬事都非，回首舊遊，有如夢寐。所謂君之生壙者，其地之山也、水也、木也、石也，予皆能歷憶而得之。而欲以斗酒隻雞㉜，生前預為踐約，已不可得矣！

夫臺之初闢也，鄭氏以區區㉝島國，支先明殘局，跡㉞其志事，寧非英雄！乃已竭人謀，難支天壤㉟，後有繼者，曠㊱不如前。不三百年而一變，再變，衣冠正朔㊲蕩然無存。其存者，壯而衰，衰而老，老而死。後生小子，習其所見，安其所聞，猶是山川，猶是日月，誰復知九泉之下，尚有忠義之骨哉！惟君達人，知有不變者存，變也以常視之；有不死者存，死也以生視之，業已無可如何矣！以其不可知者待後之人，吾姑㊳自隱焉。青山白雲中，不號而笑，不哭而歌，為有託而逃也，抑㊴無聊之極思耶？叢叢㊵者山，荒荒㊶者海。生芻㊷未致，圓石㊸預題，酒肉墦㊹間，倡予和汝㊺。吾且遙為之廣〈大招〉㊻曰：「魂兮歸來！」

題解

本文選自《丘逢甲集》（丘晨波編），屬於序跋類古文。《科山生壙詩集》，乃謝頌臣與一干文人，在鍋督科山的生壙聚會時，所作的詩篇，再由林癡仙哀集成冊。成集之後，央請遠在廣州的丘逢甲作序。逢甲此序，敘及頌臣生壙的位置，且說明預築生壙之舉，並非標新立異，而是遭逢亂世後，無可奈何的自處之道。接著談到作者與頌臣的交情，並感嘆忠義之士已逐漸凋零，而後生晚輩卻無法踵繼前業，終令先人的聲名埋沒於歷史的波濤中。綜觀全文，真正介紹詩集內容者並不多，反而是藉著作序之際，抒發對於時局與人情的感慨。

作者

丘逢甲，字仙根，號蟄仙，一號蟄庵。清宣統三年後改名倉海，號仲閼，別號倉海君、海東遺民、南武山人。清同治三年（西元一八六四年）生於淡水廳銅鑼灣（今苗栗縣銅鑼鄉），民國元年（西元一九一二年）病逝，享年四十九。

逢甲父祖皆以詩起家，自幼受家學薰染，八歲能詩。十四歲應童子試，福建巡撫丁日昌奇其才，特贈「東寧才子」印。當時吳子光設教於筱雲山莊，逢甲往學，詩文愈進。後為臺灣兵備道兼理提督學政唐景崧賞識，入海東書院研修，師事進士施瓊芳，學力益增。清光緒十四年中舉，隔年赴京應考，登進士第，欽點工部虞衡司主事。然而官場的黑暗，讓逢甲難以適應，不久便辭官回臺，先後在臺南崇文書院、嘉義羅山書院、臺中宏文書院任教，講授傳統學術與西洋學術，學生視野漸開。

光緒二十年七月，爆發中日甲午戰爭，逢甲奉旨督辦團練，擔任義軍統領，與日軍鏖戰二十餘日，不幸敗北而離臺西渡。停留大陸期間，逢甲創作了許多動人的詩篇，表達對臺灣故土的思念。基於對社稷的關懷，逢甲決心幫助革命黨人推翻滿清。清宣統三年十一月，諮議局宣布廣州和平獨立，逢甲被推舉為軍政府教育部長。十二月以廣東代表身分，參加臨時大總統選舉預備會議，親身見證了國民政府的成立。

逢甲作詩甚勤，是一位多產作家。詩集題為《柏莊詩草》、《嶺雲海日樓詩鈔》，其中以臺灣為背景的詩作極多，充分顯示逢甲對於故土的關心。讀其文而思其人，真如日月之不朽，天地之長存。

註釋

❶鷂峰：雪山的別稱，由於形態似鷹嘴，故又稱鷂峰。雪山為臺灣第二高山，高約三千九百公尺，位於臺中縣與苗栗縣交界處。

❷大甲：大甲溪，臺灣第四長溪，長度約一百四十公里，發源於中央山脈之雪山及南湖大山。

❸大安：大安溪，長度九十六公里，發源於雪山，下游與大甲溪平行，向西注入臺灣海峽。

❹巍然：山勢高峻貌。

❺東勢角：今臺中縣東勢鎮。

❻逆迴：迴旋。

❼卓峙：高聳矗立。

❽鍋督科山：亦稱鍋底科山，分布於臺中縣石岡鄉東、南、西三方，其形狀為山頭多處並立，中間較低，貌如鍋底，故又稱鍋底科山。

❾烟巒雲嶂：繚繞著雲霧的山峰。

❿謝君頌丞：即謝道隆，頌丞、頌臣，皆其字也。道隆生於清咸豐二年（西元一八五二年），卒於大正四年（西元一九一五年），享年六十五。原籍中國廣東省大埔，其曾祖於清乾隆年間來臺，落籍於捒東堡田心仔莊（今豐原市田心里）。道

隆為丘逢甲的表兄，二人皆師事吳子光，工詩文，亦關懷時政。臺灣割讓日本後，與丘逢甲一起參與武裝抗爭。抗日失敗，道隆曾與丘逢甲至大陸避亂，後逢甲滯留大陸，道隆則歸臺，以醫術治人，並自營生壙以寄情。

⓫生壙：生前預築的墳墓。

⓬季世：衰亂將亡之世。

⓭司空圖：唐虞鄉人，字表聖。唐咸通十一年進士，官至中書舍人，後因避亂，隱居於中條山（在中國山西省永濟縣東南）王官谷。唐亡，朱全忠稱帝，絕食而死。其《詩品》二十四則，為談論詩歌語言風格的重要著作。事見《新唐書》本傳。

⓮鸞臺：本指路邊地，此引申為地方人士。《昭明文選》收錄曹植〈應詔詩〉云：「朝發鸞臺，夕宿蘭渚。」注：「鸞臺、蘭渚，並路邊地，美言之也。」

⓯丁：遭遇。

⓰無可如何：即無可奈何。

⓱放達過情：踰越常理，率性而為。

⓲春秋：指四季。

⓳高會：盛大的宴會。《後漢書・鄭太傳》：「日引賓客，高會倡樂。」

⓴東山攜妓：指隱居時的聲樂之樂。東山，在今中國浙江省上虞縣西南，晉朝謝安隱居於此，後遂以東山為隱居之意。

㉑饒有：富有。饒，富厚、豐足。

㉒忘身：忘卻自我，以順應自然變化。

㉓張：發揚。

㉔裒然：聚集貌。

㉕況：同況字，比較。

㉖謁序：請求寫序。謁，請也。

㉗仍：與乃通。

㉘世中表：表兄弟。

㉙賞折：賞析判斷。折，判斷。《周易・豐》：「象曰：雷電皆至，豐，君子以折獄致刑。」

㉚交相許：相互稱揚。許，讚揚。

㉛滄桑已變：指臺灣割讓日本一事。

㉜斗酒隻雞：比喻微薄的祭品。

㉝區區：微小或稀少之意。

㉞跡：考察、探尋。

㉟天壤：天地，此指明朝政權。

㊱曠：荒廢。

㊲衣冠正朔：本指士大夫的服飾與曆法，此處引申為國家社稷。衣冠，古時士大夫的服飾。正朔，古時帝王在建立新朝代時，會重新制定曆法，將歲首的月份作一改變，以代表新政權的成立。

㊳姑：暫且。

㊴抑：或是。

㊵叢叢：聚集貌。

㊶荒荒：黯淡的樣子。

㊷生芻：贈送死者家屬的禮金。

㊸圓石：此亦作員石，指圓形墓碑。《後漢書・趙岐傳》：「可立一員石於吾墓前，刻之曰：『漢有逸人，姓趙名嘉，有志無時，命也奈何！』」

㊹墦：墳墓。

㊺倡予和汝：你我相互唱和。

㊻〈大招〉：《楚辭》篇名，作者有二說，一說屈原之作，一說景差之作。文中多招魂之辭，且讚揚古代明君能任用賢臣，以興邦治國。

賞析

本文分五段：第一段談謝頌丞生壙的位置。第二段以晚唐司空圖生壙相比較，並得出謝氏生壙勝出的結論，同時也剖析了文人預築生壙的心理。第三段談到與謝氏的深厚情誼。第四段藉鄭成功後繼無人，最後隨歲月流逝而湮沒聲名的事例，來感嘆有志之士終將化為塵土，消失在歷史的洪流中。第五段以招魂之語，為此一生壙詩集做結束。

本文屬於書序類古文，這類文體的內容，宋王應麟《辭學指南》說：「序者，序典籍之所以作。」由是可知，序文乃記述該書寫作之緣由。除了寫作緣由外，事實上，該書的內容、體例、目次、寫作過程的甘苦等等，也是序文中常含括的要素。序的出現大致起於漢代，司馬遷《史記》中〈太史公自序〉、揚雄〈法言序〉，都是極為出色的作品。基本上來說，上述序文的內容，若是加以歸類，可算是敘事型的序文。除了此類之外，還有另一類序文，是以抒發議論為主。例如劉向〈戰國策序〉，就是藉該序以表達自身的社會與歷史觀點。又如歐陽修〈五代史伶官傳序〉，對後唐莊宗的是非成敗，做了精闢的分析，終而得出「憂勞可以興國，逸豫可以亡身」的結論。正因序文兼具敘事與議論之用，所以明代徐師曾《文體明辨》說序文，「其為體有二：一曰議論，二曰敘事。」其實在議論與敘事之外，抒情的內容，也是序文中經常出現的。例如李清照〈金石錄後序〉，文中談到她和夫婿二人相處的點點滴滴，以及夫婿死後的悲痛心情，都令人泫然落淚。今觀逢甲此序，內容雖偏於敘事，然在敘事之外，其抒情成分亦濃。就敘事部分而言，如第一段與第二段，談及生壙的地理位置、預築生壙的原因，還有藉生壙以聚會吟詠，並集詩成冊的經過，這些都是敘事的成分。至於抒情方面，如第三段憶及與謝氏的情誼、末段預為謝氏招魂之語，都能見出作者心中對謝氏的眷戀之情。所以這篇序文，可說是敘事與抒情兼融，在理性的陳述之外，多了一份感性的言語。

本文創作的時空背景，是處於臺灣割讓日本之後，有識之士對於臺灣受異族統治，莫不痛心疾首，胸中真有千萬般蓄積而無處訴說。本文之中，謝頌丞等人作《科山生壙詩集》，以及作者為此集作序，都是心中有所憤懣，發而為文以寄託心中的悽苦。日人廚川白村著有《苦悶的象徵》一書，書中談到文學創作時，有著這麼一段話。他說：「我們的生活……積壓著許多強烈而深刻的傷害。我們遍嚐這些苦悶，歷經這些悲慘的戰鬥，而向人生的路上前進。有時呻吟呼叫，有時嘆息哭泣，有時歌頌勝利的光榮，有時沈醉於歡樂和讚美中，這些時候發出的聲音，就是文藝。」經由是文可知，文學常是心中苦悶的抒發。本文的寫作，不論是感嘆謝頌丞的際遇，或是感嘆前人功業的磨滅，都是心中苦悶的宣洩，如此而形成動人的篇章。

本文在寫作手法上，作者以晚唐司空圖來和謝頌丞做比較，就預築生壙的心態而言，兩人是相同的，都是遭逢亂世後，身未死而心先死的率性之舉。然而就築生壙以歌詠集詩之事而言，作者認為謝氏是勝過司空圖的。這段文字，基本上是以對比的手法進行構築，以司空圖做為對比的對象，從而凸顯謝氏預築生壙的特色。

除了對比之外，第四段使用了借喻的手法。第四段表面上是談鄭成功的事，其實是借鄭成功後繼無人，以致聲名湮沒的事例，來暗示謝頌丞也將和鄭氏一樣，畢生的功業將隨歲月的遷逝而消失無蹤。透過借喻法的運用，文意呈現轉折之妙，提供讀者更多思考與聯想的空間。

臺灣通志略序

鄭家珍

太史公曰，文王拘而演《周易》❶，孔子阨而作《春秋》❷。左丘失明，厥有《國語》❸；屈原放逐，乃作〈離騷〉；韓非囚秦，〈說難〉、〈孤憤〉❹。《詩》三百篇，大抵聖賢發憤之所為作也。其自序如此，意者龍門❺之作史記，其殆❻有不平則鳴者乎？今讀〈貨殖〉、〈游俠〉二傳，可以知其志之所存矣。以余所聞師言，龍門筆力為歷來史家冠，蓋其北遊涿鹿❼，西至崆峒❽，東漸於海，南浮江淮❾，得於山水之助者多。取大塊❿之文章，以寫胸中之勃鬱⓫，故其文可泣可歌，可驚可喜，而終不可捉模⓬其端倪⓭，固非尋常稗官⓮史家所能髣髴⓯於萬一者也。

余友周君維金，以法學而兼文學，百城[16]坐擁，著作等身，嘗倣歷代紀事本末例，編輯《臺灣通志略》十二集。丙寅春季，以第二集見示。集中所載，皆滄桑[17]以後事，披讀[18]之下，昔之擊諸目而印諸腦[19]者，復如海市蜃樓[20]，空中重見，不禁為之流涕太息[21]，腸一日而九迴[22]。情生文耶？文生情耶？非惟讀者不能知，即作者亦不自知矣。嗟乎[23]！故關衰草[24]，收英雄血戰之場；殘壘商飆[25]，灑父老辛酸之淚。周君此集，其師曠之歌南風[26]耶？荊卿之和易水[27]耶？何其颯颯[28]動人！若是，余於是有以悲周君之志矣。

周君於大正九年六月，嘗與家孳甫作客申江[29]，朝南海之普陀[30]，訪西湖之天竺[31]，蘇揚名勝，流覽殆遍[32]，著有《大陸遊記》一卷，膾炙人口[33]。今又殫[34]五載心力，成此巨編，其亦得山水之助者耶？雖其體裁義例[35]，未知有合於龍門否？然文言[36]一致，周君固[37]自言之。蓋[38]欲其書之雅俗共賞，而不肯為戛戛[39]獨造，使讀者病其艱深也。

昔虞卿㊵以不忍其友事，困於大梁，乃發憤著書八篇。讀《虞氏春秋》，知古之傷心人，別有懷抱也。周君殆㊶心虞卿之心也乎？太史公謂虞卿非窮愁，亦不能著書，以自見於後世，余於周君亦云。

題解

此文選自《雪蕉山館詩集》所附文錄，屬於序跋類古文。本文旨在表彰周維金編撰《臺灣通志略》的理想與志節。文中由太史公發憤著述而成就《史記》為始，引出周氏編輯臺灣史的艱辛與抱負。中段部分，點出此一史書的兩大特色，亦即情感深摯動人，以及平易淺近的文字風格。文章末尾，以虞卿受困著書，假春秋之筆譏刺得失之故實，來比喻周氏著書的情操。此與開頭之述史遷事，正相呼應，高度表達作者對於周氏的推崇。

作者

鄭家珍，字伯璵，號雪汀，新竹縣人。生於清同治五年（西元一八六六年），卒於民國十七年（西元一九二八年），享年六十三。

家珍幼時入私塾讀書，二十七歲中舉人。清光緒三十四年保送專科，錄取全省算術第一名，會考二等。籤分鹽大使，任豐州學堂正教習，兼勸學所長。

家珍學問淵雅，除詩文外，亦精通天文曆數之學。民國八年應臺灣詩社之聘來臺，寓居新竹，教讀後學，從習者極夥。家珍著述甚豐，居閩時輯有《倚劍樓詩文存》，寓臺時又有《雪蕉山館詩草》，惜卒後稿多散佚，後經門人曾秋濤、許炯軒之蒐羅，始略存其篇什。民國七十二年，由門人林麗生斥資刊印，名曰《雪蕉山館詩集》，所載多寓台之作。至於《倚劍樓詩文存》，至今未見傳本，殊為可惜。

家珍之詩，王國璠以為「所作氣概高渾，直邁前賢，器局恢宏，旨深詞正。有立馬吳山，看花洛苑之慨，兼有哀屈弔賈之聲，卻無無病呻吟之痛，宜可傳也。」正以其詩氣度如此，故學詩者目為珍寶，群相傳誦。

註釋

❶文王拘而演《周易》：相傳周文王曾被殷紂王囚禁於羑里，因而推演《周易》一書。事見《史記・周本紀》。

❷孔子阨而作《春秋》：哀公四年，孔子接受楚國聘請，欲由蔡赴楚。陳、蔡二國擔心孔子向楚國洩露陳、蔡的虛實，所以發兵圍孔子於陳、蔡之

間，孔子因此差點餓死。司馬遷以為孔子事後有感於亂臣賊子之橫肆，故作《春秋》以譏得失、寓褒貶。事見《史記・孔子世家》。

❸「左丘失明」句：相傳左丘明取列國之史，融裁成《國語》一書。然司馬遷言及「左丘失明」，不知何據。

❹「韓非囚秦」句：指韓非受李斯陷害，囚禁於秦國時，作〈說難〉、〈孤憤〉二篇。案：韓非入秦前，曾書諫韓王，不用，乃作〈說難〉、〈孤憤〉等十餘萬言。故司馬遷謂韓非囚秦時作〈說難〉、〈孤憤〉二篇，並不正確。董份曰：「韓非〈說難〉，蓋未入秦時所著也，而云『囚秦』，古之文人取其意，不泥其詞，往往如此。」

❺龍門：原指龍門山，在中國陝西省韓城東北，因司馬遷出生於此，故此處意指司馬遷。

❻殆：大概。

❼涿鹿：山名，在中國河北省涿鹿縣東南。

❽崆峒：山名，亦作空同，在中國甘肅省平涼市西。

❾江淮：長江與淮河。

❿大塊：本指大地，引申為文章篇幅廣大。

⓫勃鬱：本指風迴旋貌，此指胸中蓄積之情感。

⓬捉模：亦作捉摸，揣測之意。

⓭端倪：事情的頭緒。

⓮稗官：本指小官，後代引申為野史小說。

⓯髣髴：比擬。

⓰百城：書堆。

⓱滄桑：指日本佔領臺灣一事。

⓲披讀：閱讀。

⓳擊諸目而印諸腦：眼見後儲存於大腦記憶。

⓴海市蜃樓：大氣中由於光線的折射，把遠處景物顯示到空中或地面上的幻景。後以之比喻虛幻不定之事。

㉑太息：嘆息。
㉒腸一日而九迴：比喻極端愁苦。迴，環繞旋轉之意。
㉓嗟乎：感嘆詞。
㉔故關衰草：故國的關口與凋零的草木。
㉕殘壘商飆：故國殘留的軍防與蕭瑟的秋風。壘，軍營的防守工事。商飆，秋風。陸機〈園葵詩〉：「時逝柔風戢，歲暮商飆飛。」
㉖師曠之歌南風：指師曠以古琴彈奏南風詩，以倡孝於天下之事。師曠，春秋時樂師。
㉗荊卿之和易水：指荊軻刺秦王之前，至易水上，高漸離擊筑，荊軻和而歌之之事。
㉘颯颯：本指風聲，此指文章中的情感。
㉙申江：中國上海的別名，亦作申浦。
㉚普陀：山名，在中國浙江省普陀縣，四面環海，為佛教四大名山之一。
㉛天竺：寺名，亦為山峰名，在中國浙江省杭州市靈隱山飛來峰之南。
㉜殆遍：幾乎走遍。殆，將近、幾乎。
㉝膾炙人口：廣為眾人所稱道。
㉞殫：盡。
㉟義例：傳達文章義理的體例。
㊱文言：指書面文字和口語。
㊲固：本。
㊳蓋：連詞，因為之意。
㊴戛戛：本指艱難費力，此指詩文特立一格。
㊵虞卿：戰國時游說之士，被趙孝成王封為上卿，受相印，故稱虞卿。後因拯救魏相魏齊而棄相印，受困於梁，窮愁著書，譏刺得失，成《虞氏春秋》。
㊶殆：或許、大概。

賞析

本文可分四段：第一段藉由對司馬遷的讚揚，說明史家應具備豐富的人生閱歷，以及發憤著書的精神。第二段談到周維金撰述《臺灣通志略》的緣由與書中的內容，並強調讀後的悽愴心情。第三段談到對《臺灣通志略》體例上的若干看法。第四段以虞卿窮愁著書，成《虞氏春秋》一事，來說明周維金撰述《臺灣通志略》的動機與用心。

本文主要的旨趣，在於強調周維金所具備的史家精神，此一精神，就是孔子、虞卿、司馬遷等人發憤著書的精神。這種精神，來自於史家看到社會上不平之事，於是生出不平之心，進而藉文字以抒發不平之鳴。韓愈在〈送孟東野序〉中說：「大凡物不得其平則鳴，……人之言也亦然，有不得已者而後言。」說的正是這個道理。臺灣在割讓日本後，受到異族的欺凌，國人也逐漸受異族同化而忘卻自己的文化，失去了國家認同。作者認為，此時周維金能花費心力撰述《臺灣通志略》，讓臺灣的文化得以保存與維繫，這種為了國家社稷而發憤著書的精神，足以和虞卿、司馬遷等人相比肩。所以作者寫作此序時，對人的稱揚反而多過於對書的稱揚，全篇旨趣，趨向於對周氏著書精神的肯定。

本文首段，除了談到發憤著書的精神外，還談到另一項文學理論，亦即文人要將文章寫好，就必須具備豐富的人生閱歷。此正如《史記》之所以超越其他史書，正因為司馬遷「北遊涿鹿，西至崆峒，東漸於海，南浮江淮，得於山水之助者多。」這樣的觀點，在中國歷代的文論中經常出現。例如清王士禛《然鐙記聞》說：「為詩須要多讀書，以養其氣；多歷名山大川，以擴其眼界。」俄國作家屠格涅夫也說，他的若干可讀作品，都得力於豐富的人生經歷，而不是憑空創造的。所以增加人生閱歷，是豐富著述內容的一大法門，為學者不可不知。

本文在寫作手法上值得注意的是，它在起筆與收筆的構築上，都採取引用典故的方式。起筆的地方，引用文王、孔子、左丘明、屈原、韓非、司馬遷等人的典故，來強調發憤著書的重要；收筆（即末段）的地方，引用虞卿之典，以類比周維金發憤著書的精神。這種引用式的起筆與收筆，對於加強理論的可信度，具有相當的成效；尤其作者引用的這些典故，在歷史上都確實存在過，屬於客觀性材料，在論證上能夠產生堅強的說服力。

哭寡姊文

洪繻

嗚呼[1]！吾姊何節之哀[2]耶？何時之乖[3]耶？何命之不諧耶？詎[4]一病而隕其骸[5]耶？

月之八日，緊吾姊病。越四日而甥來，然謂姊健無恙耳。既而[6]病甚，而吾母往視，姊泣與母訣[7]。猶謂姊妄言耳，延醫往診，醫謂姊羸然[8]，不謂姊不起[9]也。乃越數日而疾癘[10]矣，而姊遷於正寢[11]矣。呱呱[12]者，孺子之泣也；哀哀[13]者，嬌女之悲也。計[14]無復之，復請他醫。謂脈未亂，或猶可治。藥以薑、桂[15]，以救厥[16]危。是夜之半而陽回[17]，遲遲[18]能吐語詞。侍者狂喜，克疾[19]可知。孰謂[20]纏綿[21]二日，藥猶在口，而姊絕矣。呱呱者，孺子之躄踴[22]也；哀哀者，嬌女之顛越[23]也；漣漣[24]者，親戚之永訣也。是時在姊之傍者慘，弟與吾兄慘，慟[25]而無能為法也。

嗚呼！吾姊形影涼涼[26]，遭舅姑[27]、祖姑[28]與夫之喪，匍匐[29]不遑，上持家道[30]，下撫嬰孩，而生計賴以少康[31]。孰謂享年不永[32]，而中道殤[33]也。大兒年十九，中兒年十六，少者年十三，女年十二，後之事正靡窮[34]，而姊遽[35]付之夢夢[36]也。嗚呼痛哉！姊經營家事，茹苦含辛，不辭況瘁[37]，所望者，子之成與女之長，而婚嫁事畢也。乃[38]願無一償，而姊且僵[39]也。

向之與母訣者，其無知耶？其有知耶？其有知而神先悲耶？嗚呼！孰謂姊言而竟成讖詞[40]耶？吾姊已矣，而母之悲無已時矣。吾姊喪居十年，以有今日。家庭多故，守而勿失，咸[41]謂吾姊為有術，孰謂今而百事俱畢[42]。時耶？命耶？愁耶？病耶？嗚呼天乎！何吾姊之不幸耶？

題解

本文選自《寄鶴齋文譽》，屬於哀祭類古文。這類文章與墓志不同，墓志以記述死者生平為主，哀祭文則用以表達對死者的情思。

本文弔祭的對象，是作者的姊姊，文中談到其姊由生病到死亡的過程，也談到其姊嫁入夫家後，所遭遇的困境，以及勤儉刻苦，撫育幼兒成長的經過。字裡行間，處處流露出對亡姊的不捨與思念，是一篇情感深摯的優秀作品。

作者

洪攀桂，學名一枝，字月樵。臺灣淪陷後，改名繻，字棄生。原籍中國福建省南安縣，後遷居彰化縣鹿港鎮。生於清同治六年（西元一八六七年），卒於民國十八年（西元一九二九年），享年六十三。

棄生幼攻舉業，資質過人，試輒冠群。清光緒十七年，以案首入泮。臺灣陷日後，絕意仕進，不再赴考。潛心於詩文創作，鼓舞民氣，其中尤以《臺灣戰紀》（原名《瀛海偕亡紀》），多記敵人之虐政，充滿反抗精神，最能彰顯民族氣節。臺灣淪陷五十餘年，民族精神未嘗殄滅，學術文化得以傳承者，棄生實居大功焉。

棄生學識淵通，文筆卓絕，不論詩、詩論、古文、駢文、歷史等，均有極高造詣，素為士林所推重，是一全才型文人。所作有《寄鶴齋詩集》、《寄鶴齋古文集》、《寄鶴齋駢文集》、《寄鶴齋詩話》、《八州遊記》、《八州詩草》、《臺灣戰紀》、《中東戰紀》、《中西戰紀》等，今有輯諸書為《洪棄生先生遺書》者，臺灣省文獻委員會亦編有《洪棄生先生全集》。

註釋

❶嗚呼：感嘆詞。

❷何節之哀：為何遭遇如此悲哀？節，際遇。《荀子・天論》：「是節然也。」注：「節謂所遇之時命也。」

❸何時之乖：為何時運如此不順？乖，違也。

❹詎：怎麼。

❺骸：指身體。

❻既而：不久。

❼訣：別。

❽羸然：瘦弱貌。

❾不起：無法痊癒。

❿癘：與厲通，猛烈之意。

⓫正寢：原指古代天子諸侯常居治事之所，後泛指居屋之正室。

⓬呱呱：小兒啼聲。

⓭哀哀：悲傷不已。

⑭計：考量。
⑮桂：肉桂，又稱桂皮，助長陽氣之藥。
⑯厥：其。
⑰陽回：恢復生命力。陽，中醫以氣為陽，泛指人的生命力。
⑱遲遲：緩慢的樣子。
⑲克疾：改善疾病。克，戰勝。
⑳孰謂：誰知。
㉑纏綿：指病情拖延。
㉒躄踊：捶胸頓足，指哀痛至極。
㉓顛越：衰落。
㉔漣漣：淚流不止的樣子。
㉕慟：極度悲傷。
㉖涼涼：冷清貌。
㉗舅姑：丈夫的父母。
㉘祖姑：丈夫的祖母。

㉙匍匐：盡力。《詩經・谷風》：「凡民有喪，匍匐救之。」
㉚家道：家境。
㉛少康：稍微寬裕。
㉜不永：不長。
㉝殤：本指未成年而死，此指過早死亡。
㉞靡窮：無盡。靡，無也。
㉟遽：突然。
㊱夢夢：本指昏亂不明，此指死亡。
㊲況瘁：更加勞苦憔悴。況，更加。
㊳乃：其。
㊴僵：不活動，指死亡。
㊵讖詞：預言。
㊶咸：皆、全。
㊷百事俱畢：所有事情皆結束，意指死亡。

賞析

本文分為四段：第一段以感嘆詞發語，並以一連串的疑問來表達對姊姊死亡的憤恨與不平。第二段描述其姊生病就醫的整個過程，以及左右親人在聽聞惡耗後的感傷情形。第三段描述其姊嫁入夫家後，所遭遇的種種苦難，以及在苦難中奮發振作，改善家庭生活的經過。第四段再次以一連串的疑問，表達對姊姊死亡的感慨與憂傷。

哀祭類文章，在中國古典文體學裡，有幾種命題方式，或稱祭，如韓愈〈祭十二郎文〉；或稱弔，如顏延年〈弔屈原文〉；或稱誄，如顏延之〈陶徵士誄〉；或稱告，如陳亮〈告祖考文〉；或稱悼，如漢武帝〈悼李夫人賦〉；或稱哭，如陳確〈哭長翁叔父文〉；或稱哀，如白居易〈哀二良文〉。本文屬於以「哭」命題，一般是用於關係密切的親友，藉以表達強烈的情感。試看作者在處理這篇文章時，透過種種感嘆詞的使用、一連串設問格的鋪陳，以及對亡姊境遇的同情與悲憫，直接而深刻地傳達了姊弟間血濃於水的親情，讓人讀來悽惻動容。如此真情之作，真可與韓愈〈祭十二郎文〉、袁枚〈祭妹文〉相輝映，為哀祭文中的珍品。

本文在修辭技巧上，有排比與複疊的使用。首先來看排比，如第一段「吾姊何節之哀耶？何時之乖耶？何命之不諧耶？詎一病而隕其骸耶？」以及末段「時耶？命耶？愁耶？病耶？」都是以疑問句來構築排比的格式，以加強哀傷的情緒。此外第二段的末尾，談到其姊死後，左右親人哀傷的情形說：「呱呱者，孺子之躄踊也；哀哀者，嬌女之顛越也；漣漣者，親戚之永訣也。」這也是排比格的使用，藉由此種相同句式的並列，營造出形式上整齊劃一的美感，也將哀傷的心情重複呈現，對於文章的情境烘染，有極為強烈的作用。

至於複疊格的使用，也適度增強了本文情感的濃度。複疊格中，有一種類型叫做疊字。所謂疊字，就是將兩個相同的字重疊使用。本文使用疊字的地方很多，如呱呱、哀哀、遲遲、涼涼、夢夢等。這種疊字的使用，由於是同一文字的重複出現，所以會使字義的強度增加。如果此時字義是偏於憂傷的，那麼憂傷的情感便會加重。例如李清照〈聲聲慢〉中，為了表達秋雨中的愁思，一開始即運用一連串帶有感傷色彩的疊字來烘托氣氛。其文曰：「尋尋覓覓，冷冷清清，淒淒慘慘戚戚。」藉由這些疊字的使用，李清照內心的孤獨與蒼涼，便毫無保留地呈現出來。今觀本文使用的呱呱、哀哀、遲遲、涼涼、夢夢等疊字，就情感上而言，都是偏於消極而沈痛的，讓文章中抒情的成分更見濃厚。

病中責鬼檄

洪繻

倏❶而存者，倏而亡者，何也？疫也。疫奚❷由起乎？有鬼司❸之者也。鬼何敢爾❹乎？有造化小兒❺宰之也。既為造化宰，則雖拉雜玄黃❻，薰蒸❼宇宙，蠱毒❽生靈，亦必有天理存，無理則無天，日月何能明乎！然則我責鬼、問鬼、罵鬼，非誕也、妄也，恃有理而不恐也。

吾見去年有仆❾於路，委❿於壑，殲⓫其頭，而亡其手足者矣，是兵燹⓬之劫也。今年有喪其子，亡其兄，東家哭而西家應之者矣，是瘟疫之劫也。劫何乎深？鬼且有辭曰：「有造化存。」造化者，無分於彼此者也，何獨不仁於臺灣乎？臺灣之晝不安食，夜不安寢，揣揣慄慄⓭，以俟⓮強有力者之迫，苦亦甚矣。何一死於兵，再死於火，三且死於癘疫⑮乎？若以是者為行天理，死必有惡人存。則彼滅人家族，焚人廬舍，姦人妻女，暴人邦國，且舉四百萬生靈，抹而勾之於無何有之鄉⑯，其無天理極矣，何以人強且健，不病尪⑰，不病黃⑱，能負鎗殺敵，橫行海外，焚滅循良民⑲哉？其死於兵，死於火，死於疫者，則又皆強苦老弱，單寒門戶⑳，畢生有不背一槍，不手一刀者矣。善乎！惡乎！必有能辨之者，天理所在，且假㉑我夢以告我乎！

我之病，非疫也，而疾苦顛連㉒，即亦疫之滅等㉓也。臺灣兵火之後，家受縲紲㉔，不獨病也，而婦駭童號，莫非病之變相也。癘疫之後，人受氛沴㉕，不獨余也，而余以懦弱書生，壯志消沉，即病入膏肓㉖矣。而必痾恙㉗交加，莫非鬼之太忍㉘也？鬼誠藐余乎！余之於世，如泰山一微塵，飛且不眯目㉙者也，宜汝之侮余也。然余雖小，所見有大於泰山者，理也、生靈也。鬼侮我，鬼不止侮我，宜先有以誨我也。如謂巨魚噞㒫㉚，猛獸噬肥㉛，理有不存，則是人不能主者，天亦不得而主之也。是又當痛哭問天者也，於汝鬼乎何尤32！

題解

本文選自《寄鶴齋文礮》，屬詔令類古文。檄，官府用來徵召、調兵、聲討的文書。本文並非純粹的檄文，因為聲討的對象為鬼，此與韓愈〈祭鱷魚文〉所聲討的對象為動物一樣，都是人以外的事物，雖然超出常理，但饒富趣味。

此文藉由數落鬼（暗指割臺給日本的庸官）的不是，來代替臺灣百姓抒發內心的憤懣。作者認為臺灣人民比其他地區的人更不幸，除了戰爭的苦難外，還要面對癘疫的傷害。而職司癘疫者是鬼，所以文中對鬼提出指責，為何將癘疫降臨在臺灣孤苦百姓的身上？而真正作姦犯科的暴徒（暗指日本人），卻身強體健，安享天年，這天理究竟何在？不過其文末言：「是又當痛哭問天者也，於汝鬼乎何尤！」則是將矛頭轉向天（暗指清朝皇帝），認為它才是真正該為臺灣之苦難負責者。文中處處流露對家園的呵護，以及對黎民的關愛，充分展現作者悲天憫人的濟世情懷。

作者

見本書〈哭寡姊文〉一文。

註釋

❶倏：急速、快速。
❷奚：何。
❸司：掌理。
❹爾：如此。
❺造化小兒：命運，或謂司命之神。
❻拉雜玄黃：疾病叢生。拉雜，雜亂。玄黃，病貌。《詩經．卷耳》：「陟彼高岡，我馬玄黃。」
❼薰蒸：殘害之意。
❽蠱毒：毒害。
❾仆：倒地。
❿委：棄。
⓫殲：消滅。
⓬兵燹：戰火的焚燒與破壞。
⓭惴惴慄慄：恐懼戰慄。惴惴，同惴惴。
⓮俟：等待。
⓯癘疫：瘟疫。
⓰無何有之鄉：一切都不存在的空無之處。
⓱病尪：瘦弱多病。尪，骨骼彎曲。

⓲病黃：營養不良而膚黃。
⓳循良民：柔順善良的百姓。循，順從。
⓴單寒門戶：指人丁稀少的貧苦人家。
㉑假：藉著。
㉒顛連：坎坷不順利。
㉓滅等：次等。
㉔縲紲：牢獄。
㉕氛沴：不祥之氣。
㉖病入膏肓：病情沈重，無法醫治。膏肓，穴位名，在心臟與橫膈膜之間，中醫說此處藥石無法進入，所以一旦病勢蔓延至此，便難以醫治。
㉗痾恙：生病。
㉘忍：殘忍。
㉙眯目：眼皮微閉。
㉚巨魚嚥鯈：大魚吞噬小魚。鯈，小白魚。《莊子・秋水》：「鯈魚出游從容，是魚之樂也。」
㉛猛獸噬肥：兇猛野獸吞噬肥美的弱勢動物。此與巨魚嚥鯈一詞，皆暗指日本侵臺之事。
㉜尤：責怪。

賞析

本文可分為三段：第一段表達了作者對鬼的不滿，他認為鬼掌控人的命運，應當要依乎天理而行，不能泯滅天理。第二段延續第一段的說法，繼續對鬼不依天理，荼毒臺灣人民的劣行，提出批判與質疑，並實際描述臺灣人民所受到的各種苦難。第三段先描述自己身體的不適，然後轉而批判鬼的殘忍，不能保佑眾生。最後作者以領悟的口吻表示，這一切應當要問天，而不是問鬼（因為鬼只是天帝的部屬）。

本文以「檄」命題。檄文本是中國古代一種軍事性文告，屬於軍事行動前的聲討文書。它通常陳述軍隊所以征伐敵人的原因，以及敵人的種種罪狀，藉此以宣告出兵的正當性，並激勵軍心。所以檄文的內容，常具有譴責的意味。本文雖非軍事性文告，但仍保留檄文的譴責性，只不過譴責的對象，由一般的敵人轉成掌控人類命運的鬼。作者責怪鬼不依天理進行賞罰，以致於好人遭受戰爭、疾病、掠奪的苦難，而作姦犯科的人卻身強體健、家財萬貫。正因鬼失職，未能恪守本分，所以作者寫此文以聲討之。

本文在譴責鬼時，所顯示出來的，是強烈的人文思想。中國的傳統思想裡，鬼是不可得罪的，鬼能掌控人的命運，能降災賜福給人類，所以幾千年來，百姓對鬼只有敬畏之心，那敢加以聲討。但本文展現強烈的人文思想，大大地提升了人類的自主性。作者認為，鬼雖然掌控人的命運，但也要依理而行，如果不依理行事，當然可以加以譴責。這樣的思想，激化了人類的自我主體，擺脫唯神是從的迷信觀。

本文的邏輯性相當鮮明，作者在責備鬼的過程中，是採取說理的方式，而非情緒性的謾罵，所以論述的過程充滿邏輯性。就以第二段而言，雖然內容很多，但提挈之後，可以看出是演繹推理中的「假言三段論法」。假言三段論法的公式之一，可以寫成——

大前提　若A是B，則S是P

小前提　今S不是P

結論　故A不是B

今提挈本文第二段的內容，可以將作者的文意寫成——

大前提　若鬼依天理行事，則好人應受保護，壞人應受懲罰

小前提　今好人受盡苦難，而壞人身強體健

結論　所以鬼未依天理行事

看這樣的條列分析，可見作者的邏輯觀念相當清楚。這種以道理進行責備的方式，要比無端謾罵更能服人。

本文另一項特色是採用了借喻的手法。文章表面上是責備鬼與天，其實是以鬼喻無能的官員，以天喻皇帝，所以實際上是責怪昏君與佞臣。這種借喻的手法，常用在不能直接說明時的婉轉陳述。在古代的專權政體下，皇帝與官員高高在上，握有百姓的生殺大權，此時若百姓心有怨恨，往往不能明講，只能用借喻的方式，將對象做一轉換，以避免禍害。此時讀者若能用心體會，了解作者文中的寄託，便能明白文章真正的旨趣。本文作於清光緒廿三年，正是臺灣割給日本的初期，臺灣百姓經歷種種苦難，作者心痛之餘，不禁要怪罪朝中君臣，為何不能好好保護人民，而讓日本人殘害臺灣百姓？但礙於君權至上，不可輕犯，只能借鬼、天為喻，以抒發心中憤懣，也替百姓道出積壓已久的心聲。

遊珠潭記

洪繻

武夷九曲❶、仇池❷之隙❸，六六❹迴勝矣。然而岕❺萬山之中，瀦❻眾山之泉，注一潭之水，外而萬峰屏峙，內而一嶼❼孤浮，水聳山巔，山渟❽水畔，則珠潭為海上之勝也。潭南多大山，危峰❾插空連雲，迤西❿一山斗入潭際，岡陵蜿蜒，自高遠視，與嶼若相聯，而實潭水斷之。嶼若湧珠，潭若沈璧，天光嵐光⓫，秀合於潭嶼之間，或分二色，故又謂之日月潭。

臺灣多佳山水，而山與水交匯爭奇，於數百里深巖窙寥⓬之中，則斯地為尤勝焉。當余之未至於潭也，自二八水⓭下火輪車⓮，乘輕車⓯一路，沿濁水溪而望獅頭山⓰，則峻嶺峨峨⓱，渾流浩浩⓲，山在水上，水在山下也。車聲雷激，不轉瞬[19]而陟[20]夫草嶺[21]。迴視嶺西，坑口觸口[22]諸山，如在無底之壑，而濁溪惡浪，砉[23]自峰頭，則又水在山上，山在水下矣。循草嶺入集集之街，則眾山攢互[24]之中，忽拓坡垞[25]平坦之地，縱橫廣袤[26]，殆[27]十餘里。人煙稠密，園林蔥倩[28]，田疇畦隴[29]，萬綠黏天。南濁溪，北清溪[30]，夾流遠近，朝看山色，夜聽泉聲，居民多農賈，百工蚩蚩[31]，不知其勝也。出集集之山，緣風空山[32]之險，陟土地公案山[33]之高，途中有所謂油車坑[34]者。新城[35]，山中城。山者，或懸溜千尋[36]，或怪石萬狀，危崖壓頭，而濁溪走足下，澗瀑如積雪，溪聲如轟雷，其駭心目而動魂魄者，不能以言詞形容也。迨[37]脫險而近水裡坑[38]，溪邊有釣客，坑裡有人家，神為一舒。而涉溪不百步，則嵯峨巉嵯[39]，當面而起者，土地公案山也。上山少半，得平坦一方，有田，有園，有澗者，曰二坪[40]也。再上則輿夫[41]傴僂[42]，膝及頦[43]矣。山徑黑蝶如錦，金蟬聲如銅絃[44]，山花如繡，眾鳥如奏樂，峻險間有足怡倩[45]者。登山巔則有平土，廣四尋，袤過之，有土地公祠，峰頭有茅亭，可遠眺迴視，所來山路人家，則又渺然雲壑之下，遠者如累黍[46]，近者如魚鱗也。山至此益高，屢上屢下，歷紅土徑十餘里，經田頭社[47]而至輪龍嶺社[48]。在山半有田二千畝，人家百戶，輪龍嶺亦有好人家。嶺半則見下方積水浸天，一白無際，四面青山繚繞，一水孤嶼，如拳在水中央，蓋郡志[49]所謂珠潭，縣志所謂日月潭，國初藍鹿洲[50]所謂水沙連，彷彿桃源者，即此也耶！

下嶺，入水社村[51]，茶樹遍野，林深鳥茂，蟲聲嘈雜，山中之景，視前山益幽邃[52]矣。居人[53]黃君，攜雙槳，划獨木舟，導余及余兒、余侄、余友、余門人六七輩，共一舟，入潭中，劈菱藻[54]而行。潭心山高水深，沈沈幽黝[55]，漁舟撒網，始見潭色。停舟登嶼，而眺人家，林莽寥落[56]，番族遠徙他山，昔之浮田而耕者，今不見矣。望潭南石印、北窟[57]諸山，高峰接天，若陟其巔，則斗六以南，諸羅之玉山；霧社以東，合歡山在眉睫間[58]。迴視集集，西來諸山，猶覆盂[59]耳。日暮天蒼，夕照滿山，山半雲霞作赭色[60]。俯視潭水澂[61]天，魚浮水面，鳥落晴空，飄飄然生世外想，不知身在火塵劫灰[62]中也。潭運[63]三里，廣四之。潭東北二十里為蒲里社[64]，六十年前空山，今成闤闠[65]。

入山益深，山水愈幽。時乙卯初夏，雨潦[66]道壞，憚[67]於一往。潭南諸大山，聳矗如華嶽蓮峰，近在咫尺[68]，亦隔一水，不得登。翼日[69]望山，迴駕而歸，屈指[70]百里山程，探奇抉奧[71]，百未逮[72]一。然則勝境之失諸當前，固往往如是也哉！

題解

本文選自《寄鶴齋文譽》，屬雜記類古文。珠潭即日月潭，本文旨在描述遊日月潭後的心得感受。文中十之八九記述日月潭及其周遭景物之勝狀，而鮮及人生哲理之抒發，是一篇較為單純的遊記。

作者學識至為淵博，且觀察極為細膩，篇中所述各地景觀，不論是山光水色、鳥獸蟲魚或是風土民情，均能出之以秀色脫塵之筆，並將其間的委曲情狀、曼妙風雅，傳達得淋漓盡致。論氣勢之磅礴，或辭采之富麗，均屬上乘之作。

作者

見本書〈哭寡姊文〉一文。

註釋

❶武夷九曲：指中國福建省武夷山中的九曲溪。武夷山綿亙百二十里，山形九曲，山中溪水環繞，水依山轉，乃天下之名勝。《群書拾唾》云：「武夷山有溪九曲，一曲升真洞，二曲玉女峰，三曲仙機岩，四曲金雞岩，五曲鐵笛亭，六曲仙掌峰，七曲石唐寺，八曲鼓樓岩，九曲新村市。」

❷仇池：山名，亦名百頃山，在中國甘肅省成縣西。山有東西二門，羊腸盤道三十六回而上，上有一池。

❸隒：旁邊。

❹六六：指武夷山三十六峰，亦指仇池山盤道三十六回。

❺岕：二山之間。

⓺瀦：水停積之處。

⓻一嶼：指光華島，或稱拉魯島。此島位於日月潭中，為原住民邵族的舊聚落。清朝時稱為珠（仔）嶼、珠山；日治時期稱為玉島、水中島；光復後稱為光華島；九二一大地震後，南投縣政府為表示對邵族人的尊重，改稱拉魯島。

⓼渟：水停滯。

⓽危峰：高聳的山峰。危，高也。

⓾迤西：某地的西邊。

⑪嵐光：山嵐受太陽映照產生的光芒。嵐，山間雲霧之氣。

⑫窙寥：開闊貌。潘岳〈登虎牢山賦〉：「崇嶺巋以崔崒，幽谷豁以窙寥。」

⑬二八水：村名，即今彰化縣二水鄉二水村，為二水鄉鄉公所所在地。

⑭火輪車：火車。

⑮輕車：簡便輕快的車。

⑯獅頭山：山名，在南投縣集集鎮田寮里，又稱獅子頭山。

⑰峨峨：山高貌。

⑱渾流浩浩：水流盛大。渾，大也。浩浩，水勢廣大貌。

⑲轉瞬：比喻極短的時間。

⑳陟：登。

㉑草嶺：此指草嶺頂，在獅頭山的山頂，即今集集隧道上方的山嶺。

㉒觸口：即南投縣觸口山台地，在濁水溪出山口之南側，清水溪下游西岸。

㉓砉：物分離之聲。

㉔攢互：相互聚集。

㉕坡垞：小坡地。垞，小土堆。

㉖廣袤：東西寬為廣，南北長曰袤。張衡〈西京

賦〉：「於是量徑輪，考廣袤。」注：「說文曰：南北曰袤，東西曰廣。」

㉗殆：大概。

㉘蔥倩：草木茂盛。

㉙畦隴：即田隴，指長條田塊。

㉚清溪：指清水溪，源出集集大山山麓，相較於濁水溪而言，其溪水較清澈，是以名之，在集集鎮田寮里注入濁水溪。

㉛峀峀：敦厚貌。

㉜風空山：山名，位於南投縣集集鎮一帶。

㉝土地公案山：山名，位於南投縣水里鄉與魚池鄉交界處，為求行路平安，山上供奉土地公，是以稱之。

㉞油車坑：地名，在南投縣集集鎮富山里，因有榨花生油之油車而得名。

㉟新城：地名，即南投縣魚池鄉新城村。

㊱懸溜千尋：懸崖高聳陡峭。尋，長度單位，八尺為一尋。

㊲迨：等到。

㊳水裡坑：地名，即今南投縣水里鄉。

㊴嵯峨巉嶐：山勢高險曲折。嵯峨，山高貌。巉嶐，山彎曲貌。

㊵二坪：地名，在南投縣水里鄉二坪山，以盛產冰棒聞名。

㊶輿夫：車夫。

㊷傴僂：彎腰曲背。

㊸頞：面頰下部。

㊹銅絃：此指銅製絲絃所彈奏的樂曲。

㊺怡倩：心情愉悅。

㊻累黍：一個一個地排列連接。

㊼田頭社：地名，即南投縣魚池鄉頭社村。

㊽輪龍嶺社：地名，即頭社村堰堤，約在頂社（頭

社村的一處地名）一帶。

㊾郡志：地志、方志之一種，乃記載一地區之地理環境、氣候、物產、史蹟、藝文、人物的書籍。

㊿藍鹿洲：即清代藍鼎元，字玉霖，號鹿洲，福建漳浦人。清康熙六十年臺灣發生朱一貴之亂，鼎元隨其兄廷珍進行征討，七日而亂事平。隨後撰有治臺文章多篇，及臺灣道條十九事，於臺灣之治理，多所用心。曾遊歷日月潭，著有〈紀水沙連〉一文。

51水社村：村名，在南投縣魚池鄉境內。

52幽邃：幽深。

53居人：家居之人，亦可解為居民。

54劈菱藻：指撥開菱角與水藻。

55幽黝：幽深陰暗。黝，暗黑色。

56寥落：空曠高遠的樣子。

57石印、北窟：皆地名，在魚池鄉日月村一帶，緊鄰日月潭。

58眉睫間：比喻距離很近。

59覆盂：盂反置。盂，盛東西的器具。

60赭色：紅色。

61澂：清澈，與澄通。

62火塵劫灰：火劫後的餘燼，比喻亂世。

63運：地之南北距離為運。《國語・越上》：「句踐之地，……廣運百里。」注：「東西為廣，南北為運。」

64蒲里社：今之南投縣埔里鎮。

65闤闠：市街。

66雨潦：雨大貌。

67憚：害怕。

68咫尺：比喻距離很近。咫，八寸為咫。

69翼日：亦作翌日，第二天。

70屈指：以手指計數。

71探奇抉奧：探索奇妙幽隱之處。奧，隱處。　72逮：及。

賞析

本文分四段：第一段以武夷山九曲溪的勝景，來與日月潭相比較，並說明日月潭得名的由來。第二段描寫至日月潭前的沿路景觀，由濁水溪、獅頭山、草嶺、集集、清水溪、風空山、土地公案山、油車坑、新城、水裡坑、二坪、田頭社、輪龍嶺社等一路寫來，舉凡山、水、市集、動植物、居民生活等，各類旖旎風光，莫不躍然紙上。第三段正式描述日月潭的風貌，將潭水四周的地理景觀及水面勝景，寫得栩栩如生，彷若目前。第四段以雨潦道壞，未能深入賞遊而嘆惋作結，以收餘興未盡之妙。

本文是一篇單純的記敘文，旨在敘述遊覽日月潭的過程與感受。藉由作者的描述，我們看到百年前日月潭的山光水色。今天的日月潭，已屬於國家級的風景區，潭水四周有熱鬧的市集、飯店，可供賞遊食宿之用，而遊湖也有現代化的遊艇可以搭乘，各方面都十分便利。但在百年前，日月潭仍是原住民的部落區，一切充滿原始的風味。然而未經開發的地區，它的美卻多了一份古樸與神祕，這由文中對日月潭的描述，可以充分體會出來。因此這篇文章的價值，在於保存日月潭的原始美感，提供我們另一種欣賞角度。

本文在寫作上，辭藻的使用極為華美，同樣性質的素材，作者總能不斷變換各類形容語，且奇字、瑋字的使用相當頻繁，再加上許多地方句式工整，呈現如辭賦與駢文般的侈麗與整鍊，讓我們領略到古典散文的形式美學，也體會到作者的藝術匠心。

除了華麗的辭藻外，本文也運用了烘托技巧，使文章的內容份外地充實與飽滿。所謂烘托，是指在描寫主要素材時，先旁述其他具有相同性質的周邊素材，以營造氣氛，從而增強主要素材的氣勢與特色。就本文來看，主要素材是日月潭，但作者真正述及日月潭的風景，是從第三段才開始；在此之前，作者先旁述日月潭附近的大自然景觀（如濁水溪、獅頭山、草嶺、風空山……等等），以烘托山水的優美景致，再順勢帶出日月潭的風光，使讀者的遊興達到最高點。

臺灣三字經序

王石鵬

臺灣，鯤洋❶一彎島也，昔呼大灣，因其周圍近水，故以臺灣名之。或曰荷蘭人築城如臺❷，在於安平鯤身沙線❸，沙環水曲成灣，因名臺灣。要之，不離海島之稱者近是。山則崔巍❹萬疊，田則膏腴❺萬頃，舟楫可達，林木鬱蒼，西洋人嘗以浩愈磨沙稱之（美島之意）。東望日本、琉球，南屬呂宋、非利賓諸島，西對福建、廣東，皆隔一衣帶水❻，曾❼無藩籬❽之蔽，此不可不知之勢也。

第❾臺灣自古無專書可考，《隋書》所載曰大琉球，唐宋以還，乃有毘舍耶之稱。毘舍耶者，印度梵語也。毘者，謂地宜稻穀之意；舍耶，即莊嚴也。然皆以海外置之，不通音問。至明中葉，始知有臺灣。未幾⑩，而島夷⑪、海寇⑫相繼竊據。清初收入版圖，三百年來遂成富庶樂郊。迨乙未之際⑬，白馬盟成⑭，又遭紅羊劫換⑮。時久事繁，以予管見⑯，凡書籍有關於臺灣者，計有三百餘種，層出不窮，難以全閱。予用是⑰竊⑱有憾焉，思欲輯為一書，而未得其暇。庚子春杪⑲，適在臺北師範學校，接家電促歸，遂丁⑳父艱。居鄉讀禮餘閒，爰㉑不揣固陋㉒，採諸家之雜說，及從東文㉓譯出，編成韻語，倣宋王伯厚先生㉔所著之《三字經》體，因顏㉕曰《臺灣三字經》。首序位置、名稱、治亂、沿革，繼敘番部種族、山川物產及經濟上之事業，莫不略舉其端㉖，雖曰地理，而歷史寓焉。

夫一物之不知，儒者之恥。西人五尺之童，皆能明五洲萬國㉗之俗，太陽地球之位，吾人生斯長斯，而不知斯地之事事物物，亦可羞乎！古者，《周禮》大司徒㉘以天下土地之圖，用知地域之數，辨其山林、川澤、邱陵、墳衍[29]、原濕[30]之名物，辨其邦國、都鄙[31]之數，故有土會[32]、土宜[33]、土均[34]、土圭[35]之法。而大司馬[36]之職，又有職方氏[37]、訓方氏[38]、土方氏[39]、懷方氏[40]、合方氏[41]、形方氏[42]，無非為地理計者。是地學烏[43]可忽乎哉！大丈夫桑弧篷矢[44]，志在四方，行將馳驅萬里，遊歷五洲，倘不知山川形勢，難免迷途入坎[45]之虞。昔普魯斯[46]之將蹶[47]法國也，普兵皆藏有法國地圖，故履法境如入釣遊之鄉[48]，其獲益固不待言矣。茲予之作此三字經者，蓋欲為本島童蒙[49]示其捷徑，且便於口頭熟讀故也。或謂臺灣特其小焉耳，區區[50]地學何足以廣其見聞；然行遠自邇[51]，登高自卑，前程遠大，不得不先於此開其端也已。

光緒二十六年庚子端午後三日，王石鵬箴盤自序於新竹了庵。

題解

本文摘自《臺灣三字經》，乃該書之序。文中先介紹臺灣得名之緣由，以及地理位置。接著談到寫作此書的動機，作者以為，臺灣歷史悠久，文化資產豐富，然而一直缺乏記載臺灣事物的典籍，其間雖不乏著作，卻不免隅偏，難窺全豹。是以作者「採諸家之說，及從東文譯出，編成韻語，做宋王伯厚先生所著之三字經體」，而成《臺灣三字經》一書，希望此書能成為島上孩童認識臺灣的啟蒙書籍。

文中一個非常值得注意的地方，是作者對於臺灣人不知臺灣事物的感慨。他認為西洋幼童，除了了解自己國家的事物外，還能明白五洲萬國的風俗，以及宇宙星球的位置；反觀臺灣孩童，生於斯、長於斯，卻不知臺灣事物，這是臺灣人的悲哀。正由於如此濃烈的本土意識，才會有這本書的完成，為本島兒童提供了一份優良的啟蒙讀物。

作者

王石鵬，字箴盤，號了庵，竹塹（今新竹市）人。生於清光緒二年（西元一八七六年），卒於民國三十年（西元一九四一年），享年六十六。

石鵬自幼聰穎，啟蒙恩師是舉人鄭家珍。石鵬在文學上的表現，以詩歌最為出色，至於古文，亦有極高的造詣。石鵬年輕時便加入竹梅吟社，與鄭鵬雲、陳世昌、鄭十洲……等著名詩人相從遊。其性喜山水，所以紀遊之作甚多。四十一歲時，因為工作的關係，移居臺中。歷任臺灣新聞報漢文部記者、主筆，並因地緣關係，常參加櫟社集會，並於五十歲時加入櫟社。石鵬著作甚多，撰有《了庵雜錄》、

《清官遊記》、《女學揭要》、《臺灣三字經》、《釋迦佛歌》等書，前三本今已亡佚，殊為可惜。

註釋

❶鯤洋：大洋。鯤，本指大魚，引申為巨大之意。

❷築城如臺：指熱蘭遮城，築於當時臺江內海之鯤身嶼，為荷蘭人治臺的行政中心，即今臺南市安平古堡。

❸沙線：指鹿耳門水道底部的堅石暗礁，當地人稱為「鐵板沙線」。此種沙線堅硬無比，對船隻的殺傷力極大。《赤嵌筆談》：「鹿耳門港路迂迴，舟觸沙線立碎。」

❹崔巍：山勢高險。

❺膏腴：土地肥沃。

❻一衣帶水：指江河湖海狹窄，不足以為屏障。

❼曾：乃。

❽藩籬：防衛。

❾第：但。

❿未幾：不久。

⓫島夷：島上的蠻族，此指荷蘭人。

⓬海寇：海上的盜匪，此指鄭成功。鄭成功不願接受清朝統治，而以臺灣為根據地，進行反清復明的工作，清朝遂視之為海寇。

⓭乙未之際：指清光緒二十一年，時歲次為乙未。

⓮白馬盟成：此或指清光緒十一年，中國與日本簽訂條約，同意共同保護朝鮮之事。白馬盟，古代祭河或訂盟誓，多以白馬之血為之，如《戰國策・魏一》：「刑白馬以盟於洹水之上，以相堅

也。」後遂以白馬之盟，指稱結盟立誓之意。

⑮紅羊劫換：國難也，此指清光緒二十一年與日本訂立馬關條約，割讓臺灣一事。當時朝鮮內亂，中國與日本依照盟約，均派軍隊幫助平亂。亂平後，日軍卻不肯退兵，最後演變成中日兩國交戰。此戰中國失敗，遂與日本訂立馬關條約。古稱丁未為紅羊，蓋以丁屬火，色赤；未屬羊，故謂丁未為紅羊。古人迷信丁未是國家發生災禍的年份，所以稱國難為紅羊劫換，或稱紅羊劫。

⑯管見：淺薄的見識，此處乃自謙之詞。

⑰用是：因此。

⑱竊：私下。

⑲春杪：晚春。杪，原指樹梢，此引申為末尾之意。

⑳丁：遭遇。

㉑爰：於是。

㉒不揣固陋：即不自量力之意，此處乃自謙之詞。

㉓東文：指日文。

㉔王伯厚先生：即宋代王應麟，字伯厚。宋淳祐元年進士，官至禮部尚書，博學多聞，著作宏富，相傳《三字經》即其所作。

㉕顏：題字。

㉖端：要點。

㉗五洲萬國：世界各國。五洲，舊分世界為五大洲，在東半球者為亞洲、歐洲、非洲、大洋洲，西半球者為美洲。

㉘大司徒：官名。《周禮》地官有大司徒，掌邦教。

㉙墳衍：肥沃平曠的土地。

㉚原濕：廣平低濕之地。

㉛都鄙：采邑、封邑。《周禮‧大宰》：「以八則治都鄙。」注：「都鄙，公卿大夫之采邑，王子弟所食邑。」

㉜土會：統記山林、川澤、丘陵、墳衍、原濕五類

土地的產物，以制定貢稅。《周禮・大司徒》：「以土會之法，辨五地之物生。」

㉝土宜：辨別土壤質地，以利各類生物成長之法。《周禮・司徒》：「以土宜之法，辨十有二土之名物。」

㉞土均：按土地質量確定賦稅等差之法。《周禮・大司徒》：「以土均之法，辨五物九等，制天下之地征。」

㉟土圭：古代用以測日影、正四時和測度土地的器具。《周禮・大司徒》：「以土圭之法，測土深，正日景，以求地中。」

㊱大司馬：官名。《周禮》夏官有大司馬，掌邦政。

㊲職方氏：官名。《周禮》夏官有職方氏，掌天下之圖，以掌天下之地。辨其邦國都鄙，四夷八蠻，七閩九貉，五戎六狄之人民與其財用，九穀六畜之數。

㊳訓方氏：官名。《周禮》夏官有訓方氏，掌道四方之政事，與其上下之志。

㊴土方氏：官名。《周禮》夏官有土方氏，掌土圭之法，以致日景。以土地相宅，而建邦國都鄙。以辨土宜土化之法，而授任地者。

㊵懷方氏：官名。《周禮》夏官有懷方氏，掌來遠方之民，致方貢，致遠物，而送逆之，達之以節。

㊶合方氏：官名。《周禮》夏官有合方氏，掌達天下之道路，通其財利，同其數器，壹其度量，除其怨惡，同其好善。

㊷形方氏：官名。《周禮》夏官有形方氏，掌制邦國之地域，而正其封疆，無有華離之地。

㊸烏：如何。

㊹桑弧篷矢：指男子志在四方。古時男子出生，以桑木作弓，蓬草為矢，使射人射天地四方，以表志在四方之意。篷，蓬之假借。

㊺坎：坑洞。
㊻普魯斯：德國別稱。第二次世界大戰前，普魯斯為德意志聯邦共和國成員之一，舊時普王兼德意志皇帝，故以之為德國別稱。
㊼蹶：腳踼為蹶，此引申為攻擊。
㊽釣遊之鄉：故鄉。韓愈〈送楊少尹序〉云：「某樹，吾先人之所種也；某水、某丘，吾童子時所釣遊也。」後因稱故鄉為釣遊之鄉。
㊾童蒙：缺乏知識的幼童。
㊿區區：微小、稀少之意。
51邇：近。

賞析

本文可分為三段：第一段介紹臺灣的地理位置。第二段談到作者寫作《臺灣三字經》的動機、始末，以及此書的內容和體例。第三段強調學習本土文化的重要，並期待《臺灣三字經》能幫助兒童認識臺灣這塊土地。

這篇序文令人感動的地方，在於呈現了作者對於臺灣的熱愛。文中明白地表示，他之所以撰寫《臺灣三字經》，是因為「吾人生斯長斯，而不知斯地之事事物物，亦可羞乎！」如此話語，明確而清晰地表達了重視本土文化的觀念。所謂本土文化，並非單指鄉土文化，而是含括養育我們長大的這塊土地的整體文化。一個人若能飲水思源，當然會對本土文化付出關心。過去因為統治者的意識取向，臺灣教育在本土文化的努力上，做得相當少。這幾年，臺灣人民開始產生自我的主體意識，明白養育我們的這塊土地，才是我們真正的根、真正的家，這是非常值得慶幸的事。本來人生於天地之間，就是不能忘本，心中的愛與關懷，必定先投注於生我們、養我們的父母與土地之上，有剩餘的力量，再投注於其他人或其他土地上，如此才不至於本末倒置。是以閱讀本文，看到作者對於臺灣的認同與關愛，讓我們深感佩服，也期待作者的思想，能廣為騰播，並引起更多人的共鳴。

就序文的寫作而言，本文是一篇相當成功的作品。一般而言，序文的撰寫，通常是說明寫作此書的動機、目的、始末、內容、體例……等等，以幫助讀者迅速掌握此書，而這些要項，在本文中幾乎都具備了。因此，欣賞本文時，不僅可以吸收它的思想與修辭，也可以把它當成序文的寫作範本，加以學習與模仿。

臺灣通史序

連橫

臺灣固[1]無史也，荷人啟之，鄭氏作[2]之，清代營之，開物成務[3]，以立我丕基[4]，至於今三百有餘年矣。而舊志[5]誤謬，文采不彰，其所記載，僅隸[6]有清一朝，荷人、鄭氏之事，闕而弗錄[7]，竟以島夷海寇視之。烏乎[8]！此非舊史氏之罪歟？且府志[9]重修於乾隆二十九年，臺鳳彰淡諸志[10]，雖有續修，侷促一隅[11]，無關全局，而書又已舊。苟欲以二三陳編[12]，而知臺灣大事，是猶以管窺天，以蠡測海[13]，其被囿[14]也亦巨矣。

夫[15]臺灣，固海上之荒島爾[16]，華路藍縷[17]，以啟山林，至於今是賴。顧[18]自海通以來，西力東漸，運會[19]之趨，莫可阻遏。於是而有英人之役[20]，有美船之役㉑，有法軍之役㉒，外交兵禍，相逼而來，而舊志不及載也。草澤㉓群雄，後先倔起，朱、林㉔以下，輒起兵戎，喋血㉕山河，藉言恢復，而舊志亦不備載也。續以建省之議㉖，開山撫番㉗，析疆㉘增吏，正經界㉙，籌軍防，興土宜㉚，勵教育，綱舉目張，百事俱作，而臺灣氣象一新矣。夫史者，民族之精神，而人群之龜鑑㉛也。代之盛衰，俗之文野㉜，政之得失，物之盈虛，均於是乎在。故凡文化之國，未有不重其史者也。古人有言：「國可滅，而史不可滅。」是以郢書燕說㉝，猶存其名；晉乘楚杌㉞，語多可採。然則臺灣無史，豈非臺人之痛歟？

顧修史固難，修臺之史更難，以今日而修之尤難。何也？斷簡殘編㉟，蒐羅匪㊱易，郭公夏五㊲，疑信相參，則徵文難；老成㊳凋謝，莫可諮詢，巷議街譚㊴，事多不實，則考獻難。重以改隸㊵之際，兵馬倥傯㊶，檔案俱失，私家收拾㊷，半付祝融㊸，則欲取金匱石室之書㊹，以成風雨名山之業㊺，而有所不可。然及今為之，尚非甚難，若再經十年、二十年而後修之，則真有難為者。是臺灣三百年來之史，將無以昭示後人，又豈非今日我輩之罪乎？橫不敏[46]，昭告神明，發誓述作，兢兢業業[47]，莫敢自遑[48]。遂以十稔[49]之間，撰成《臺灣通史》，為紀四，志二十四，傳六十，凡八十有八篇，表圖附焉。起自隋代，終於割讓，縱橫上下，鉅細靡遺[50]，而臺灣文獻於是乎在。

洪維[51]我祖宗渡大海，入荒陬[52]，以拓殖[53]斯土，為子孫萬年之業者，其功偉矣。追懷先德，眷顧前途，若涉深淵，彌自儆惕[54]。烏乎念哉[55]！凡我多士[56]及我友朋，惟仁惟孝，義勇奉公，以發揚種性，此則不佞之幟[57]也。婆娑[58]之洋，美麗之島，我先王先民之景命[59]，實式憑[60]之！

題解

本文選自《雅堂文集》，屬於序跋類古文。這篇序文，主要是說明作者寫作《臺灣通史》一書的動機。作者認為，「凡文化之國，未有不重其史者也。」因為「史者，民族之精神，而人群之龜鑑也。代之盛衰，俗之文野，政之得失，物之盈虛，均於是乎在。」正因為一個國家的歷史如此重要，所以當他看到臺灣的歷史，因當政者的漠視，以及前人修史之草率時，便決心要修撰一本徵實有據，內容詳備的史書。希望藉由史書的修撰，讓百姓更加了解這塊土地上的人事物，也更加愛惜這塊土地。文句間透露出一位史家的責任感，以及對於養育自己長大的土地，所抱持的深切關懷。

作者

連橫，字武公，一字天縱，號雅堂，又號劍花。其祖籍為中國福建省漳州府龍溪縣，七世祖於清康熙年間渡海來臺，定居於臺南寧南坊馬兵營，遂為臺南人。生於清光緒四年（西元一八七八年），卒於民國二十五年（西元一九三六年），年五十九。

連橫自幼聰穎，八歲即開始研讀《四書》、《五經》，其餘如《左傳》、《戰國策》、《史記》等史學典籍，亦多涉獵，以是而奠定深厚的學術基礎。連橫生當清末，面對列強對中國的欺凌，也看到臺灣時局的混亂，激發他強烈的愛國心。他主持過《臺澎日報》、《臺南新報》……等多家報紙，鼓吹愛國思想及倡導改革，希望藉由媒體來促進革新。除了辦報紙之外，他也希望為臺灣寫一本史書，他在主持《臺南新報》的期間，不斷蒐集資料，並於光緒三十四年開始撰寫，歷經十二年成《臺灣通史》一書，為臺灣的歷史留下寶貴的文獻資料。

除了史學的專長外，連橫的詩文也極具功力。他在光緒二十一年時加入「浪吟詩社」，光緒三十二年時與蔡國琳等人將「浪吟詩社」改為「南社」，對於詩歌的創作，不遺餘力。此外，其古文造詣亦十分高妙，文筆簡鍊，辭藻宏麗，功力猶有勝其詩作者。

連橫因為生長於臺灣，所以對臺灣非常關心，他曾編寫《臺灣語典》，以發揚臺語。他在〈臺語整理之頭緒〉一文中，談到研究臺語的動機說：「余臺灣人也，能操臺灣之語，而不能書臺灣之字，且不能明臺語之義，余深自愧！夫臺灣之語，傳自漳、泉，而漳、泉之語，傳自中國。其源既遠，其流又長。……乃知臺灣之語高尚優雅，有非庸俗之所能知。」正因如此，他極力發揚臺語之美，並主張以臺灣方言入詩，於是又編寫《雅言》，以正定臺語文字，俾使文人創作臺語文學時，有正確文字得以使用。其於臺灣之關懷與用心，由是可見。

連橫著述宏富，除上述諸書外，尚著有《雅堂文集》、《劍花室詩集》，並曾依作家年代的先後，編纂《臺灣詩乘》一書，蒐羅歌詠臺灣之篇什，其相關著作輯成《連雅堂先生全集》行世。

註釋

❶固：本。

❷作：興起。

❸開物成務：開發各類事物，以建立國家制度。
❹丕基：大的基業。丕，大也。
❺舊志：舊有的府志、廳志、縣志等歷史文獻。
❻隸：屬於。
❼闕而弗錄：缺漏不記載。闕，與缺通。弗，不也。
❽烏乎：同嗚呼，感嘆詞。
❾府志：指清乾隆二十九年巡道覺羅四明所輯《新修臺灣府志》二十六卷。
❿臺鳳彰淡諸志：指清嘉慶十二年薛志亮所撰《新修臺灣縣志》八卷、清乾隆二十九年王英曾所撰《重修鳳山縣志》十二卷、清道光十二年李廷璧所撰《彰化縣志》十二卷、清同治九年陳培桂所撰《淡水廳志》八卷。
⓫一隅：一個角落、一個地方。隅，角落。
⓬陳編：舊書。
⓭以管窺天，以蠡測海：均用以比喻見識淺陋狹隘。《莊子・秋水》：「是直用管闚天，用錐指地也，不亦小乎？」《漢書・東方朔傳》：「語曰：以筦闚天，以蠡測海。」
⓮囿：局限。
⓯夫：發語詞，無義。
⓰爾：與耳通，語末助詞，有「罷了」之意。
⓱蓽路藍縷：指創業極為艱難。蓽路，柴車。藍縷，破舊的衣服。
⓲顧：但。
⓳運會：時勢。
⓴英人之役：清道光二十一年英艦襲擊基隆，隔年，攻擊臺中大安港（今大安鄉濟澫村一帶），皆為駐軍擊退。
㉑美船之役：清同治六年美國商船那威號自汕頭出航，遇風，飄至臺灣南部，船長馬西德在今恆春上岸，為土著所殺，引發美軍與土著之戰，旋即

獲得和解。

㉒法軍之役：清光緒十年中法戰爭，法國派兵攻打臺灣，並強佔澎湖。清廷派劉銘傳為臺灣防務大臣，率兵抵禦法軍。後法將孤拔病亡，中法談和，失地終於收復。

㉓草澤：指民間。

㉔朱、林：指朱一貴與林爽文。二人皆為反清份子，清康熙六十年，朱一貴起義於岡山；清乾隆五十一年，林爽文起義於彰化。

㉕喋血：血流極多。

㉖建省之議：清同治十三年，欽差大臣沈葆楨奏請移福建巡撫於臺灣，未果，但設置巡撫分駐之制，令福建巡撫於每年夏秋二季移駐臺灣。之後巡撫丁日昌，以分駐之制，諸多不便，奏請簡駐重臣於臺灣，督辦數年後，再行建省，清廷未允。清光緒十一年，欽差大臣左宗棠奏請建省。同年九月，詔令臺灣建省。

㉗開山撫番：開墾山地，安撫原住民。清同治十三年，因牡丹社事件，日本出兵討伐原住民，清廷派沈葆楨領兵鎮守臺灣。事平之後，沈氏奏請清廷開發山地，安撫原住民，並移駐巡撫，以擘畫善後事宜。其於原住民的治理，包括管、教、養、衛四大項目，對山地的開發居功厥偉。

㉘析疆：開闢疆土。析，破開。

㉙正經界：釐定土地的疆界。

㉚興土宜：利用土地的不同性質，從事各種生產。

㉛龜鑑：借鑑。

㉜文野：文明與野蠻。

㉝郢書燕說：比喻以訛傳訛。《韓非子・外儲說左上》：「郢人有遺燕相國書者，夜書，火不明，因謂持燭者曰：『舉燭。』而誤書「舉燭」。舉燭，非書意也。燕相受書而說之曰：『舉燭者，

尚明也；尚明也者，舉賢而任之。』燕相白王，王大說。國以治，治則治矣，非書意也。今世學者，多似此類。」

34 晉乘楚杌：指史書。乘為晉國史書名，杌為楚國史書名。

35 斷簡殘編：指書籍殘缺不全。

36 匪：不。

37 郭公夏五：比喻文獻闕誤。《春秋・桓公十四年》：「夏五，鄭伯使其弟語來盟。」注：「不書月，闕文。」《春秋・莊公二十四年》：「郭公。」注：「無傳，蓋闕誤也。」

38 老成：此指年紀大而閱歷豐富的人。

39 巷議街譚：民間的傳說談論。譚，談也。

40 改隸：指清光緒二十一年依「馬關條約」將臺灣割讓日本之事。

41 倥傯：急促忙碌。

42 私家收拾：私人蒐集的資料圖書。

43 祝融：火神之名，引申為火災。

44 金匱石室之書：密藏之書。古時藏書，以金為匱，以石為室，以示慎重。

45 風雨名山之業：指亂世不朽的著作。風雨，喻亂世。名山之業，司馬遷〈太史公自序〉中，談到自己寫作《史記》，乃自成一家之言，以「藏之名山，副在京師，俟後世聖人君子。」後世遂以名山事業指稱著作。

46 不敏：不聰慧。

47 兢兢業業：謹慎小心。

48 自遑：自我偷閒。

49 十稔：十年。稔，作物成熟為稔。古時一年收成一次，故一年稱為一稔。

50 鉅細靡遺：大大小小的事物皆不遺漏。靡，不也。

51 洪維：深思。亦可視為發語詞，無義。

52 荒陬：荒蕪偏僻之處。陬，偏僻之地。

53 拓殖：開拓墾殖。

54 彌自儆惕：更加地自我警惕。彌，更加。儆，與警通。

55 念哉：深思啊！

56 多士：眾士。

57 不佞之幟：我的理想目標。不佞，無才之人，此乃自謙之詞。幟，旗幟，引申為目標。

58 婆娑：本指物體盤旋舞動，此指海水起浮搖盪。

59 景命：上天授予之命。

60 式憑：依靠。式，車前扶手之橫木，引申為依靠之意。

賞析

本文可分為五段：第一段批評臺灣的舊史內容過於疏漏，無法真正反映臺灣的史實。第二段承接第一段的論點，繼續對臺灣舊史的缺點提出批判，並感嘆臺灣沒有好的史書，是百姓心中的痛。第三段談到修撰臺灣史雖然困難，但仍能有所作為的看法。第四段談到自身撰修臺灣史的態度，以及此書的體例。第五段追述臺灣先民的德業，以及勉勵臺灣子民要修養品性，努力經營臺灣。

本文的旨趣，在強調修撰臺灣史的重要。而修撰臺灣史之所以重要，作者在文章中提到幾項重點，他說：「夫史者，民族之精神，而人群之龜鑑也。代之盛衰，俗之文野，政之得失，物之盈虛，均於是乎在。故凡文化之國，未有不重其史者也。」這段話揭櫫了歷史的三項功能：第一，歷史是民族的精神所在。第二，歷史可做為人們行事的借鑑。第三，藉由歷史，可以了解一個國家的文化發展。正因為歷史的作用如此強大，所以作者為自己立下目標，希望以兢兢業業的態度，為臺灣撰修一部詳實可靠的史書。後來終於以十二年的時間，寫成《臺灣通史》，為臺灣歷史留下豐富的文獻資產。

本文的寫作技巧，除了引用大量的典故外，其開合筆法以及抒情式結尾的運用，是很值得介紹的。首先是開合法的運用。所謂開合，是針對文意的傳達而說的。文意的推衍與闡述是「開」；文意的歸納與總結是「合」。就本文觀之，第一、二、三段為開，第四段為合。第一、二、三段的內容分別是——臺灣沒有好的史書、臺灣無史的痛苦、臺灣修史雖然困難仍有成功的可能；第四段則談到自己投身於撰修臺灣史的堅定決心。由此進行分析，第四段很明顯地，是前三段的總結。有前三段的推衍與闡述，讓人們意識到撰修臺灣史的重要，才會有第四段作者致力於撰修臺灣史的結論出現。因此，前三段是文意的推衍與闡述，這是「開」法；第四段是文意的總結，是「合」法。

本文的末段，採用抒情式的結尾。它以抒情的語言作結，來引發讀者的情感。它用非常感性的言語，非常柔性的訴求，希望臺灣的子民能緬懷先人的德澤，發揮對這塊土地的關愛，共同來經營這「婆娑之洋，美麗之島。」這樣的陳述，充分發揮了文學中的情感要素，它的藝術感染力，是非常鮮明而強烈的。

書陳三姐

連橫

戴潮春❶之役，嚴辨❷以數萬之眾攻嘉義。嘉人嬰城守❸，陷圍三月，糧盡援絕，至食草根，啖❹豆粕❺，不足擣龍眼核為粉，煮粥充饑。而城中有一女子若無事者，噫❻！是何人？則嘉人士所稱為「查某三頭」者也。

女陳姓，稱三姐。臺人謂女曰「查某」，主人曰「頭家」，女行三❼，故謂之「查某三頭」。性倜儻❽，任俠❾，雖居平康，而粧飾若大家丰範。嘉為衝要之地❿，游宦⓫士商往來者多主其家。三姐善酬酢，能得客歡，顧視金錢如無物，揮霍自喜。群無賴⓬之寄食門下者，常數十人，頤指氣使⓭，奉命惟謹。

一日，三姐赴廟觀劇，及晚獨歸，有賊尾⑭之。三姐回顧笑曰：「若⑮不識汝三姐乎？若無錢，何不言？」出釵與之。至家，語其事，群無賴大怒曰：「我輩日受三姐恩，未得一報，今乃有人敢驚及三姐，是我輩之恥也，不如死！」一哄而出，未幾⑯，捕賊至，反接⑰而跪於地，將創⑱之。三姐曰：「彼惟⑲不知我，故敢盜，今既來，可免之。」其人叩頭謝，遂居門下。

三姐善度曲，工琵琶。有北港豪商嚥⑳其家，末座一少年，衣服樸素，言語謹訥，偶取琵琶彈之。三姐聞之，驚曰：「是絕技也！」請客再彈，為鼓平沙落雁㉑之曲。三姐大說，願受教，客未許。詢之商，蓋其伙伴張成勳也，泉州人。商乃謂之曰：「三姐愛琵琶，汝其教之。」客曰：「諾。」居有頃㉒，三姐忽語客曰：「儂㉓閱人多矣，未有如君之誠者，儂亦久厭風塵㉔，君如不棄微賤，願奉箕帚㉕。」客愕然㉖曰：「羈旅㉗之人，未能自立，胡敢聞嘉命㉘？苟三姐果欲下嬪㉙，其何以謀溫飽？」三姐曰：「儂計之熟矣，今檢奩㉚中物，尚值數千金，君以此權子母㉛，亦可無衣食慮。」三姐復為納資武營，補千總。

已而㉜潮春舉事，全臺俶擾㉝，諸無賴各糾黨徒，稱股首㉞，際會風雲㉟，乘時起矣。嚴辨者，劇盜也，曾犯法，三姐解之。至是攻嘉義，聞女在圍中，夜詢城兵曰：「三姐無恙㊱否？」曰：「憊矣。」曰：「何憊？」曰：「城中乏食數日，三姐何能獨全？」辨乃以粱肉㊲置囊中，介㊳城兵密致之。女受供，有餘則犒城兵，故無患。

三月圍解，總兵林向榮帥師規彰化，駐斗六，成勳從。潮春圍之，援絕。成勳偶出壁，隔濠㊴一人以手召之，曰：「此險地，公胡不去？」成勳曰：「無計可去爾。」其人曰：「今夜遲㊵公於此，公亦好自為。」遂縛竹渡之。問其名不答，視之，則三姐所免之賊也。越數日，屯番㊶內變，向榮及弁兵㊷盡沒，而成勳與三姐遂偕老焉。

題解

本文選自《雅堂文集》，屬於傳狀類古文。文中的主角陳三姐，個性任俠好義，廣結善緣，是以雖身當亂世，但總能逢凶化吉，最後得與夫婿白頭到老。

這是一篇相當有趣而饒富意義的文章，文中的陳三姐，並非大家閨秀或名門淑媛，而是一名頗具草莽氣息的民間女子，若以階級觀念審之，實無可資記敘之處。然而作者卻能拋開階級觀念，將陳三姐好義助人的行為，以活潑而生動的筆調寫出，讓讀者在欣賞故事之餘，還能領略草莽人物的可愛面貌。這種以市井人物為題材的作品，無疑地更具有真實性和親切感。

作者

見本書〈臺灣通史序〉一文。

註釋

❶戴潮春：字萬生，彰化四張犁莊人（今臺中市北屯區四民里一帶）。清同治元年，戴潮春率領八卦會黨在彰化一帶起兵反清，不久攻陷彰化、臺中一帶，接著進軍雲林、嘉義。同治二年十二月，戴潮春在北斗（今嘉義民雄鄉）自首，被斬於市。

❷嚴辨：戴潮春部屬，強悍勇猛，潮春兵敗後，辨仍繼續為亂，清同治四年，與清兵力戰而死。

❸嬰城守：環城固守。

❹啖：吃。

❺豆粕：豆渣。

❻噫：感嘆詞。

❼行三：排行第三。

❽倜儻：超逸不群的樣子。

❾任俠：鋤強扶弱，仗義助人。

❿衝要之地：重要的通道。

⓫游宦：離家在外為官者。

⓬無賴：不務正業者。

⓭頤指氣使：權貴者以臉頰的動作，或口鼻出氣來指使他人，顯示出高傲蠻橫的態度。

⓮尾：尾隨。

⓯若：你。

⓰未幾：一會兒、沒多久。

⓱反接：將兩手反綁於背後。

⓲創：傷害。

⓳惟：因為。

⓴醼：與宴通，此處為動詞，乃參與宴會之意。

㉑平沙落雁：琴曲名，又稱雁落平沙，後亦引為其他樂器之曲。

㉒有頃：不久。

㉓儂：我。

㉔風塵：擾攘的俗世。

㉕奉箕帚：原為持帚灑掃之意，此處引申為嫁給某人。

㉖愕然：驚訝貌。

㉗羈旅：寄身在外的旅客。

㉘嘉命：指美好的安排。嘉，美善。

㉙下嬪：下嫁。

㉚奩：鏡匣。

㉛權子母：以資本經營，或借貸生息之意。

㉜已而：過了一些時間。

㉝俶擾：動亂。

㉞稱股首：分階級高低，指成立組織。

㉟際會風雲：本指人才聚合，此指作亂者相互聚集。

㊱恙：疾病。

㊲梁肉：美食佳餚。

㊳介：藉由。

㊴濠：戰場上為護身而挖的深溝。

㊵遲：原指歇息，如《詩經・衡門》：「可以棲遲。」此處引申為安置。

㊶屯番：清乾隆年間設立屯番制度，其制乃分全臺為十二屯，再挑選番民中漢化程度較深者（即所謂熟番）作為屯丁，訓練後駐守屯中，負責稽查盜賊，並抵禦內山未漢化的生番。

㊷弁兵：基層官兵。

賞析

本文分六段：第一段先以戴潮春造反之事，引出陳三姐的名號。第二段開始介紹三姐的身世、儀貌、性格等資料。第三段談到三姐受歹徒騷擾，卻原諒歹徒的雍容氣度。第四段描述三姐大膽向男子張成勳示愛，最後終於結成連理的經過。第五段談到戴潮春造反時，嘉義被叛軍包圍，百姓都斷糧斷炊，三姐卻因解救過叛軍頭目嚴辨，所以能安然度過此一兵亂。第六段談到三姐夫君張成勳受困時，正好遇到受恩於三姐的人，並因此而獲救，夫妻二人也因而得以白頭偕老。

本文是一篇傳記文章，主要是記述陳三姐的個人事蹟。從本文對三姐的種種記載，可以看出三姐是一位女中豪傑，才華與氣度，可說是不讓鬚眉。她的個性及行事作風，與杜光庭〈虬髯客傳〉中的紅拂女極為相似。首先，兩人都能慧眼識英雄，三姐欣賞張成勳，而紅拂女欣賞李靖。其次，三姐敢於向成勳示愛，並說服成勳答應婚事；紅拂女在這方面也不遑多讓，她夜奔李靖住處，並以過人的口才，消除李靖的疑慮，進而成就兩人的愛情。其次，三姐以自身的人脈與積蓄，幫助成勳謀得官職，並安然度過層層難關，充分展現其卓絕不凡的能力；至於紅拂女，她長袖善舞，與人應對合宜，也因此取得虬髯客對於李靖的奧援，幫助李靖建立顯赫的功業。這兩位女子，都具有俠女的特質，生命情調極為相似。閱讀本文時，若能與〈虬髯客傳〉相互參照，藉由紅拂女的映襯，相信更能掌握三姐的獨特氣質。

本文雖是一篇傳狀散文，但頗具情節，分析時可以從短篇小說的角度切入，如此可以更精確掌握作者的筆法。首先來看作者對於三姐的「出場描寫」。一般而言，小說一開始會對時間、地點做一交代，接著就讓主角出場，出場時會對主角做一概括性介紹，讓讀者對主角有初步的認識，這就是「出場描寫」。今觀本文第一段，便是對三姐所處的時代環境先做介紹，接著就引出三姐的名號，此時三姐已正式出場。接下來第二段便針對三姐的家世、性格、外貌、職業等進行陳述，透過精鍊的文字，瞬間便讓讀者對三姐留下深刻的印象。這樣的「出場描寫」，是相當成功的。至於它採用的方法，是由作者直接進行描寫，這與某些人物的出場描寫，是藉由故事情節逐漸推衍出來，或是透過故事中其他人物的談話進行描述有所不同。

本文對於三姐的心情表達，是採取「直接抒情」的方式。方祖燊教授解釋「直接抒情」就是「直接把人物心裡的情思感觸明明白白地寫出來。他心裡悲哀就直說悲哀，快樂就直說快樂；他想什麼，愛什麼，恨什麼，就直接把他所想所愛所恨的寫了出來。」這樣的抒情方式，與婉轉迂迴的方式不同，所以讀者可以直接感受，不必猜測。本文對於三姐的情思描寫，採取的就是「直接抒情」。試看第四段三姐對成勳的示愛，是多麼明快而直接，與一般女子要透過暗示、透過旁敲側擊的方式傳達情愛，完全不同。

最後來看作者對於人物的創造手法。在作者的筆下，三姐被塑造成「獨特性人物」。以三姐的豪氣、度量與才華，若換成是男性身分，肯定是所謂「典型性人物」。因為臺灣古代的江湖男子，十之八九是如此的草莽性格，因此具有典型性。然而今之三姐為女性，在臺灣傳統的文化裡，女性的典型就是溫柔婉約、深居簡出，這與三姐的性格大不相同，是以就傳統女性的角度來看，三姐可說是一位「獨特性人物」。

祭閒散石虎文

連橫

維❶丁巳春正月乙巳，臺南連橫謹以芬芳之茗，黃菊之英❷，祭於閒散石虎❸之靈曰：

烏乎❹！天地冥冥❺，人生攖攖❻，勞神損性，鑠慮銷形❼，而君乃以閒散名。君之生也，其為有明；君之死也，其為有清❽，而君之身世乃飄零。君之主也，其為延平；君之友也，其為正青❾，而君之行誼❿略可衡⓫。君不為疆場⓬之將帥，不為廊廟⓭之公卿，翛然⓮塵外，放浪形骸，而為草野之書生。則君胡不左挾琴，右擊筑⓯，以歌以哭於燕京⓰？否則掛一瓢，攜一杖，西登太華⓱，南下洞庭，北絕居庸⓲，東舍蓬瀛⓳，亦可匿跡而逃名。而君乃忍棄故國之躬耕[20]，投荒海上，身世伶仃[21]，以嘯傲於東都[22]之野、赤崁之城，則君必有萬不得已之苦情。當是時中原板蕩[23]，遍地羶腥[24]，民彝[25]既盡，大道莫行。媚骨[26]者反顏[27]事敵，抗志[28]者縶縲僇刑[29]。天昏地晦，百鬼猙獰[30]；風悲雨泣，黎庶[31]吞聲。與其為亡國之賤隸，何如依海上之田橫[32]？與其化蕙荃為蕭艾[33]，何如採芳洲之杜蘅[34]？而君乃汙泥不滓[35]，抱璞守貞[36]矣。

烏乎！夢蝶之園[37]未廢，半月之水[38]猶澄，曇花吐紫，蕉葉抽青，左迴右抱，鬱鬱[39]佳城，則此地也，亦足以妥君之精靈[40]。乃為招曰：靈之來兮山之坰[41]，靈之去兮帝之庭，歸兮歸兮汝無形[42]。

題解

本文選自《雅堂文集》，屬於哀祭類古文。本文旨在表彰閒散石虎的高風亮節。石虎為明末遺臣，恥事滿清，故隨鄭成功渡海，後終老於臺灣。作者以石虎風骨嶙峋，足堪稱揚，故為文弔祭，以述其生平行誼。文中遣詞用字，典贍華麗而情思芊綿，實為辭情並茂的優秀作品。

作者

見本書〈臺灣通史序〉一文。

註釋

❶維：發語詞，無義。

❷英：花。

❸閒散石虎：石虎，生平未詳，號閒散。為明朝遺老，受鄭成功號召，渡臺輔政。石虎與夢蝶園主李茂春為好友，死後遂葬於夢蝶園北面。夢蝶園後來改建為法華寺，當時臺南師範學院附屬學校欲擴建校地，打算將石虎墳墓毀棄，經連橫出面斡旋，遂遷石虎墓於法華寺後園，以供後人憑弔。

❹烏乎：同嗚呼，感嘆詞。

❺冥冥：晦暗貌。

❻攖攖：混亂。

❼鑠慮銷形：思慮過度而傷身。

❽有清：清朝統治的時代。

❾正青：即明末遺臣李茂春。茂春，字正青，中國福建省龍溪人。明隆武二年舉孝廉。性恬淡，風神秀朗，工詩文。明永曆十八年春，受鄭經之邀

來臺避亂，至此而定居臺灣。因篤信佛法，又心地正直，人稱李菩薩。

⑩行誼：品行節義。誼，合宜的行為。

⑪衡：測度、衡量。

⑫疆場：戰場。

⑬廊廟：原是古代帝王與大臣議論政事之處，後用指朝廷。

⑭倏然：自然超脫貌。《莊子・大宗師》：「倏然而往，倏然而來而已矣。」

⑮筑：絃樂器名。《史記・荊軻傳》：「高漸離擊筑，荊軻和而歌。」

⑯燕京：北京。

⑰太華：山名，即西嶽華山，在中國陝西省渭南縣東南。

⑱居庸：山名，即今軍都山，在中國河北省昌平縣西北，為舊時燕京八景之一。

⑲蓬瀛：蓬萊與瀛洲，皆山名，相傳為仙人居所。

⑳躬耕：親身從事耕作。

㉑伶仃：孤苦。

㉒東都：指承天府（今之赤崁樓），此為鄭成功治臺的行政中心。

㉓板蕩：社會動盪不安。

㉔羶腥：時局濁穢。

㉕民彝：社會倫理。彝，常理。

㉖媚骨：本性諂媚。

㉗反顏：變節。

㉘抗志：崇高志節。抗，與亢通，高也。

㉙繫縲僇刑：身陷牢獄。縲，捆綁犯人的繩索。僇，受辱。

㉚猙獰：面貌兇惡。

㉛黎庶：百姓。

㉜田橫：戰國時齊國田氏後代。韓信破齊時，橫自

立為齊王，率從屬五百人逃往海島。劉邦稱帝，遣使降之。橫往洛陽途中，反復思之，羞為漢臣，自殺而亡。島中徒眾聞之，亦皆自殺。

㉝化蕙荃為蕭艾：事物由好變壞。蕙荃，香草。蕭艾，臭草。屈原〈離騷〉：「蘭芷變而不芳兮，荃蕙化而為茅。」又云：「何昔日之芳草兮，今直為此蕭艾也。」

㉞採芳洲之杜蘅：接近美好事物。杜蘅，香草名，也作杜衡。屈原〈離騷〉：「畦留夷與揭車兮，雜杜衡與芳芷。」

㉟滓：污濁。

㊱抱璞守貞：持守本真之性，不為物慾所迷惑。

㊲夢蝶之園：為李茂春在明永曆十八年流寓永康里時所築之草廬。此廬在清康熙二十二年被改建為佛寺，即今臺南市法華街之法華寺。

㊳半月之水：指法華寺半月樓前的南湖。李茂春夢蝶園被改建為佛寺後，知府蔣允焄在清乾隆二十九年時重建，並於寺前闢建一水池，名曰「南湖」；湖旁則構築一樓，名為「半月樓」。半月之水，即半月樓前南湖之水。

㊴鬱鬱：草木茂盛青翠。

㊵精靈：靈魂。

㊶坰：郊野。

㊷無形：宇宙萬物生成的本根之處。《史記・律書》：「神生於無形。」正義：「無形為太陽氣，天地未形之時。」《淮南子・原道訓》：「無形而有形生焉。」

賞析

本文分為三段：第一段為祭文的普遍格式，依年月日、祭者、庶羞、受祭者的順序逐一寫出。這種寫法雖非硬性規定，但在祭文的寫作中，應用得很廣。例如韓愈〈祭柳子厚文〉：「維……年……月……日，韓愈謹以清酌庶羞之奠，祭于亡友柳子厚之靈。」這樣的話語，主要是交代弔祭日期、祭者身分、受祭者身分，實質性意義不大，讀者略加了解即可。第二段開始記述石虎的身世、交遊、言行、品德等，並適時加入自己的評論。第三段談到夢蝶園（石虎的埋身之所）的清幽景色，並於文末以招魂之語作結。

石虎的生平資料並不詳細，因此文中對於石虎的記述，多半都偏於情操與精神的歌詠，實際的事功記載得很少。事實上，祭文的寫作本來就是以情感的緬懷為主，與墓志銘偏於生平事蹟的載述不同，這是應當加以區別的。本文的內容，抒情的成分極濃，處處可見作者對於石虎的追思。這份追思，並非因為作者與石虎具有深厚交情，而是因為石虎的高尚情操，讓作者自然生出崇敬之心。因此，本文的寫作與其說是作者個人對石虎的悼念，不如說是作者有意以石虎為表率，為天下人臣立一標竿。

本文的寫作手法，除了祭文中常用的感嘆詞外，對偶的使用十分頻繁。例如「君之生也，其為有君；君之死也，其為有清，而君之身世乃飄零。君之主也，其為延平；君之友也，其為正青，而君之行誼略可衡。」、「天昏地晦，百鬼猙獰；風悲雨泣，黎庶吞聲。」這是隔句對。至於「天地冥冥，人生攖攖。勞神損性，鑠慮銷形。」、「媚骨者反顏事敵，抗志者繫縲僇刑。」這是單句對。除了上述例子外，對偶的使用在本文中隨處可見，它們讓文章的句式顯現出整齊與凝鍊之美，也使得文氣達到一緊一收的效果。

本文的另一項寫作技巧，是夾敘夾議的筆法。作者在客觀地敘述石虎的生平時，往往加入自己的主觀議論，對石虎的行事作為提出評斷。例如文中說：「君不為疆場之將帥，不為廊廟之公卿，倏然塵外，放浪形骸，而為草野之書生。則君胡不左挾琴，右擊筑，以歌以哭於燕京？否則掛一瓢，攜一杖，西登太華，南下洞庭，北絕居庸，東舍蓬瀛，亦可匿跡而逃名。而君乃忍棄故國之躬耕，投荒海上，身世伶仃，以嘯傲於東都之野、赤崁之城，則君必有萬不得已之苦情。」在這段話中，由「則君胡不左挾琴」句開始，至「亦可匿跡而逃名」句為止，及「則君必有萬不得已之苦情」二處，都是作者主觀的議論；其餘部分，是對石虎生平的客觀敘述。透過這種夾敘夾議的方式，能讓石虎的個性與特質更形凸顯，加速讀者對於石虎的認知與掌握。

神鍼法炙❶

謝國文

【其一】

人生此世，浮沉於人海之中，七尺之軀，至弱也，將捍萬難而浩然獨立，其何恃❷乎？恃才則才有時而絀❸，恃智則智有時而盡，恃勢則勢有時而窮。即使才不見絀，智不見盡，爾詐我虞❹，五中❺紛然❻，尚何暇治天下之事哉？天下有無形之才、無形之智、無形之勢。居乎一室，應乎千里，雖蠻貊❼可以感，豚❽魚可以孚❾。其物維❿何？曰：誠而已。《大學》之言治國平天下也，其第一事在誠意。如木之有本，水之有源，意既誠矣，復⓫何事不可為也。知此乃可論人物，解此乃可與論政治。

【其二】

有一時之政治家，有千古之政治家。乘時藉勢，內以救弊扶偏之術，統馭⑫其民；外以縱橫捭闔⑬之謀，籠絡與國⑭，此一時的政治家所為，所謂救時而已。其究竟不過以權力勢力，奔走⑮天下之士，社會風節，或因彼而日至於墮落，後患所存，有非淺人所能見者。千古之政治家則不然，其學聞從讀書養氣而來，其心期與皋夔稷契⑯相許，不以一日之利而遺百年之害，不以一隅⑰之益而貽⑱全局之憂。當其生時，世人或不之知，且有笑其迂闊⑲以為無用者，而至於數年、數十年、數百年後，乃大奏其功。置國家於苞桑之固⑳，措天下於磐石之安㉑，卓然古大臣之風範，令人景仰思慕，是豈偶然者哉？

【其三】

專制之朝，病在壅塞，言路通則壅塞去矣。立憲之國，萬機㉒決於公論，議院之外，又有報紙，為民口之機關，壅塞之病似可決㉓矣。乃有所謂殖民地者，既無議院，又乏輿論代表機關，即有一二報紙，皆仰官僚鼻息㉔，擁護一部，仰制㉕多數，而各圖其私，是非顛倒。昔之以斷絕言路為壅塞者，今雖世稱文明，言路開放亦壅塞也。無他，閥族㉖蟠踞㉗，昧於時勢，失於事機，偏袒為懷，蛇蝎其心㉘，極力提防，糊塗一時。迨至㉙權力衰替，國事日壞，外而湍湃衝激㉚，內而蘊釀蒸發㉛，土堰㉜一潰，則若絕江河㉝，排淮泗㉞，一往而不可收拾。方知悔曰：「噫㉟！我誤矣！我誤矣！奈之何？」顧㊱東西五千年歷史，奚啻㊲千百已哉！可哀也與㊳！

【其四】

臺灣紳士之能維持善良風俗，鼓吹文化，培育人才，以從事政治為吾民謀幸福者，吾甚尊之敬之。以其當此眾人夢夢㊴，舉世滔滔㊵之日，而能樹風節，重正義，為疾風之勁草，歲寒之松柏。不隨波逐流，阿諛取容㊶，狗鑽蠅營[42]，自肥身家[43]，使後生小子有所矜式[44]，為可欽焉。

【其五】

次則苟全性命，不求聞達，避世若浼[45]，逃名隱居之士，吾甚憐之重之。以其遭逢不偶[46]，河山荊棘[47]，既未能出身取位，旋乾轉坤[48]，救民水火，寧效巢山夷皓[49]。高潔之幸[50]，舉世望之；難言之痛，天下諒之。其跡愈隱，其風概[51]愈顯，百世之下聞其風者，猶足使頑夫廉，懦夫有立志。在此時，雖不及優孟衣冠[52]，有勳位財帛之賞賚[53]，而其為一代之典型，維繫世道人心，則非貪功盜名，薄志弱行[54]之徒，所能及其萬一也。

【其六】

亦有身居吏胥[55]，名列議員，陰險譎詐[56]，遇事生風[57]之輩，吾甚厭之鄙之。以其為虎作倀，狡而且毒，不學無術，惟利是耽[58]，企業濫興[59]，誇張粉飾[60]，布其爪牙[61]，引誘攫取[62]，使寡婦孤兒，肩挑背負，粒粒辛苦之貯蓄，一旦烏有63。哀號叫苦，慘狀莫名，猶不從事善後，或席捲而逃，或超然64事外。蓋此等幽靈股票65、襤褸公司66，董67其事者，多犯刑律，詐欺橫領，瀆職背任68。證據昭彰，罪跡顯著，而交結司法警察，運動彌縫69，小民告訴，付之不問。嗚呼！財界紊亂，關係匪70輕。地方之蠹71、人類之賊，有司若不臨之以法，嚴加剷除，示儆72將來，且恐無智弱者，受禍之烈，日而更甚也。

題解

本文選自《省盧遺稿》，屬論辨類古文。本文之所以名為〈神鍼法炙〉，是藉由中醫鍼灸治病之理，以強調為政治除弊興利之意。

全文共六段，所論皆為政治之事，析其意，可概分為兩部分：就第一部分（即一至三段）而言，所談為從政者之基本認知，包含從政宜以誠治天下、宜讀書養氣、宜廣開言路。至於第二部分（即四至六段），則是分析從政者的三種類型，並評斷其優劣。最上等者為紳士，能培育人才，改善社會善良風俗；其次是遭逢不善，以致隱身養望，為高節之典型者；最差的是某些假借權勢，攫取私利的官員與民意代表。

藉由此文，可以充分感受作者救世濟民的熱忱，也可以了解當時政治的黑暗，對於陰險詭詐的政客而言，具有高度的警示作用。

作者

謝國文，字星樓，號省廬，一作醒廬，晚號稻門老漢，臺南市人。生於清光緒十五年（西元一八八九年），卒於民國二十七年（西元一九三八年），享年五十。

國文生性率真，年少即通達有大志，負治世之熱忱。曾赴日本留學，並遊歷中國，以廣識見。後來參與臺灣議會設置請願，以及文化啟蒙運動，並擔任《臺灣新民報》學藝部客員，為臺灣社會運動貢獻甚多心力。

國文性好文藝，尤喜燈謎。甫冠即以詩名，與叔父謝籟軒及友人趙雲石等創立「南社」，致力於詩歌之創作。其詩歌與古文俱佳，惜所作泰半無存。後經哲嗣汝川竭力收集，得詩約三百首，文五篇，燈謎數百條，成《省廬遺稿》一書。前刊諸家序、題詞，後附親友唱和集。

註釋

❶灸：本指燒灼，此處引申為中醫灸法之意。中醫以艾條燻灼人體，稱為灸法，此法常與鍼法同用，故稱鍼灸。

❷恃：憑藉、依靠。

❸絀：短缺。

❹爾詐我虞：彼此互用心機，互相欺詐。虞，欺騙。

❺五中：原指五臟，此泛指內心。

❻紛然：雜亂貌。

❼蠻貊：夷族。

❽豚：小豬。

❾孚：誠信。《尚書・呂刑》：「五辭簡孚，正于五刑。」

❿維：與為通。

⓫復：又。

⓬統馭：掌管控制。

⓭縱橫捭闔：原指錯綜變化，離合聚散之意，此指對他人拉攏或分化之術。

⓮籠絡與國：利用手段控制盟國。籠絡，控制。與，友好。

⓯奔走：驅策。

⓰皋夔稷契：四者均為舜之賢臣。

⓱一隅：一個角落、一個地方。隅，角落。

⓲貽：遺留。

⓳迂闊：迂腐不切實際。

⓴苞桑之固：根基穩固。苞桑，桑樹的本幹。《周易・否》：「其亡其亡，繫於苞桑。」疏：「苞，本也。凡物繫於桑之苞本，則牢固也。」

㉑磐石之安：堅固牢靠。磐石，扁厚的大石，引申

為根基牢靠。

㉒萬機：各種措施政策。

㉓決：打開缺口。

㉔仰官僚鼻息：看官員臉色辦事。

㉕仰制：即抑制。

㉖閥族：有權勢的家族。

㉗蟠踞：盤結據守。

㉘蛇蝎其心：心腸狠毒。

㉙迨至：等到。

㉚湔湃衝激：本指波濤洶湧，此指局勢險要。

㉛蘊釀蒸發：指民怨沸騰。

㉜土堰：擋水的土壩。

㉝絕江河：去除長江、黃河的壅塞。絕，與決通，打開缺口。

㉞排淮泗：疏通淮水與泗水。排，疏通。

㉟噫：感嘆詞。

㊱顧：看。

㊲奚啻：何只。

㊳與：與歟通，語末助詞，表感嘆語氣。

㊴夢夢：昏亂。《詩經・正月》：「民今方殆，視天夢夢。」

㊵滔滔：原指水廣無涯，此指邪惡瀰漫。

㊶阿諛取容：逢迎諂媚以取悅他人。

㊷狗鑽蠅營：奔走鑽營以謀利。

㊸自肥身家：為自己的家庭謀取不法利益。

㊹矜式：敬重仿效。矜，尊敬。

㊺浼：污染。

㊻不偶：亦作不耦，指遭遇不順利。

㊼河山荊棘：國家動亂。

㊽旋乾轉坤：扭轉局勢。

㊾巢山夷皓：高尚守節之意。巢山，指居住山中。夷皓，指伯夷的高潔品行。此典源自伯夷、叔齊

忠於商朝，義不食周粟，隱匿首陽山，以致於餓死山中的故事。事見《史記・伯夷列傳》。

50 幸：福氣。《漢書・高帝紀》：「居帝位甚實宜，願大王以幸天下。」注：「福喜之事，皆稱為幸。」

51 風概：風骨節操。

52 優孟衣冠：本指模仿之似真者，此處引申為有人引介而獲得任用。優孟，春秋楚國藝人。相傳楚相孫叔敖死後，其子貧困無依，優孟遂著孫叔敖衣冠，在楚莊王面前扮其模樣。莊王受感動，叔敖之子遂得封。（事見《史記・滑稽列傳》）後人於是稱模仿似真者為優孟衣冠。

53 賚：賜予。

54 薄志弱行：缺乏品行志節。

55 吏胥：官員。

56 譎詐：詭邪奸詐。譎，詭邪不正。

57 遇事生風：捕風捉影，造謠生事。

58 耽：沈溺。

59 企業濫興：利用關係，廣設公司。

60 粉飾：以表面工夫遮掩實際狀況。

61 爪牙：部屬、手下。

62 攫取：奪取。

63 一旦烏有：瞬間消失。一旦，瞬間。烏，無也。

64 超然：本指立場中正客觀，此指跳脫成旁觀者。

65 幽靈股票：指偽造之假股票。

66 濫褸公司：指制度不善的公司。

67 董：司、掌理。

68 瀆職背任：怠忽職守。

69 運動彌縫：尋求門路以掩飾弊端。

70 匪：不。

71 蠹：蛀蟲。

72 儆：與警通。

賞析

全文共六段，所論皆為政治之事。第一段強調人生於天地之間，不可過度依恃才、智、勢，想治國平天下，就必須培養心中的「誠」。第二段主張從政宜讀書養氣，做個千古的政治家，以求萬世之業，而非透過權術謀略，求短視近利之功。第三段談到從政宜廣開言路，不可專制獨斷，阻塞言論自由，並藉此批判國內報章媒體，受制於官僚，不能實際報導真相。第四段談到臺灣仕紳，能培育人才，改善社會善良風俗，不阿諛逢迎，不自肥身家，最值得後人景仰。第五段談到某些從政者因際遇不佳，只能退處巖穴，樹立風節，這樣的行為，也足以維繫世道人心，而為一代之典型。第六段談到某些官吏與民意代表假借權勢，攫取私利，此宜嚴加剷除，儆示將來。

本文具有高度的社會意義，它的內容與論點，充分反映社會的現實。觀察文中的論述，可以明白作者對於民瘼的關心，對國家發展的用心。作者看到當時從政者的醜態，也看到無能官員帶給百姓的無窮痛苦，所以針對這些弊端寫下此文，並以「神鍼法炙」為題，希望能達到針炙治病的功效，替國政去除沉痾。唐朝白居易談文學創作時曾說：「文章合為時而著，歌詩合為事而作。」強調文學的創作，必須與現實社會相結合。十九世紀西方寫實主義盛行，福樓拜、莫泊桑等人的作品，反映的也都是社會的客觀事實。這樣的作品，有助於剖析社會，促進社會的進步。本文的性質，基本上就是一篇寫實主義的作品。它反映清末民初的社會，揭露當時政治的黑暗面，提醒人們重視這些問題，以促成社會的革新與進步。文中所提到的若干弊端，如官吏與民意代表剝削民脂民膏、報章媒體報導偏頗等，在今天的社會上仍然普遍存在。因此，這篇文章值得我們用心去體會與省思，相信對於改善臺灣當今的政治亂象，有相當程度的幫助。

本文在寫作手法上，首先要注意的是段落的分隔，這是典型的「論點式分段」，亦即每個段落，代表一項獨立的論點。本文共分六段，每段都針對一項個別論點進行分析，條理井然，讓讀者從六個不同角度觀察到政治上的各種現象。

至於修辭格部分，對偶、排比、對比的運用都相當出色。對偶部分，如「內以救弊扶偏之術，統馭其民；外以縱横捭闔之謀，籠絡與國。」此為隔句對；又如「置國家於苞桑之固，措天下於磐石之安。」此為單句對。至於排比，例如「恃才則才有時而絀，恃智則智有時而盡，恃勢則勢有時而窮。」又如「天下有無形之才、無形之智、無形之勢。」至於對比，如第二段以一時的政治家與千古的政治家進行對比，以凸顯二者的高低。又如第四段與第六段，以臺灣仕紳與不肖官員、議員的對比，來凸顯雙方的優劣。透過對比法的應用，讓我們對於政治上的清濁良莠，有更為明顯的區隔。

國家圖書館出版品預行編目資料

臺灣古典散文選讀／田啟文編著.
--二版.--臺北市：五南，2004［民93］
面；　公分
ISBN 978-957-11-3614-1（平裝）
835　　93007780

1XR6

臺灣古典散文選讀

編 著 者 — 田啟文(26.2)
發 行 人 — 楊榮川
總 編 輯 — 王翠華
主　　編 — 黃惠娟
責任編輯 — 石曉蓉
出 版 者 — 五南圖書出版股份有限公司
地　　址：106台北市大安區和平東路二段339號4樓
電　　話：(02)2705-5066　傳　　真：(02)2706-6100
網　　址：http://www.wunan.com.tw
電子郵件：wunan@wunan.com.tw
劃撥帳號：01068953
戶　　名：五南圖書出版股份有限公司
台中市駐區辦公室/台中市中區中山路6號
電　　話：(04)2223-0891　傳　　真：(04)2223-3549
高雄市駐區辦公室/高雄市新興區中山一路290號
電　　話：(07)2358-702　傳　　真：(07)2350-236
法律顧問　林勝安律師事務所　林勝安律師
出版日期　2003年 3 月初版一刷
　　　　　2004年 8 月二版一刷
　　　　　2015年 5 月二版六刷
定　　價　新臺幣350元